『演员丛书』编审委员会

频频相见

胡凌虹
严晓频
严翔
著

人民交通出版社股份有限公司
China Communications Press Co.,Ltd.

图书在版编目（CIP）数据

频频相见 / 严翔，严晓频，胡凌虹著．—北京：人民交通出版社股份有限公司，2018.4

ISBN 978-7-114-13291-9

Ⅰ. ①频… Ⅱ. ①严… ②严… ③胡… Ⅲ. ①回忆录—中国—当代 Ⅳ. ① I251

中国版本图书馆 CIP 数据核字 (2018) 第 047343 号

PIN PIN XIANG JIAN

书　　名：频频相见

著 作 者：严　翔　严晓频　胡凌虹

监　　制：邵　江

责任编辑：吴　迪

责任校对：赵媛媛

责任印制：张　凯

营销编辑：陈力维　刘楚馨　刘　君　童　亮　张龙定

出版发行：人民交通出版社股份有限公司

地　　址：（100011）北京市朝阳区安定门外外馆斜街 3 号

网　　址：http://www.ccpress.com.cn

销售电话：（010）59636983

总 经 销：新世界青春（北京）文化传媒有限责任公司

经　　销：各地新华书店

印　　刷：北京盛通印刷股份有限公司

开　　本：720×960　1/16

印　　张：24

字　　数：350 千

版　　次：2018 年 4 月　第 1 版

印　　次：2018 年 4 月　第 1 次印刷

书　　号：ISBN 978-7-114-13291-9

定　　价：79.80 元

“演员丛书”总序

唐国强

从 1905 年第一部无声电影《定军山》至今，中国的电影艺术已走过 113 个春秋。与之相比，电视剧要年轻一些，从 1958 年的《一口菜饼子》开始，到今天也有 60 年的历史了。百余年的时光里，大浪淘沙，谢添、赵丹、张平、张瑞芳、陈强、白杨、孙道临等众多演员将名字镌刻在银幕上。历史中，他们汇聚起一条光辉灿烂的星河，在时光流转中照亮了中国影视艺术的天空，并以璀璨夺目的壮美吸引着、指引着一代又一代影视人汇入这条长河中。他们努力着，骄傲着，燃烧着，以自己的一抹华彩，让中国影视艺术更加绚烂。

如何让每一代年轻人都能欣赏到这条星河的美景，让他们记住，让他们神往，让他们树立起艺术人生的标杆，让千百万有着演员梦的人向着艺术家的方向去努力，去奋进。诚然，观看这些著名演员的代表作品是绝好的途径，但是，影视作品中所见的大都是他们的艺术光辉，若想全面深入地了解一代代影视人的人生经历、艺术理念、创作观点以及不懈奋斗的心路历程，阅读他们的传记无疑是最好的选择。

现在我国影视行业以每年二百多部电影、一万七千余集电视剧的速度蓬勃发展，因而聚集了众多从事表演工作的演员。我作为中国广播电影电视社会组织联合会演员委员会的会长，一直有个心愿和计划：希望为当今德艺双馨的影视表演艺术家、演员作传，形成一套“演员丛书”。用榜样的力量端正广大演员的创作态度，进一步壮大社会主义文艺力量，创作出更多无愧于时代的优秀作品。同时，由演员亲自撰写或口述的传记，将成为他们艺术人生的最真实记录，更是中国影视艺术的宝贵财富。

2014 年 3 月，这一计划得到人民交通出版社的鼎力支持，首批艺术家传记工程得以有序开展并取得丰硕成果。在此，我代表演员委员会对人民交通出版社和社长朱伽林先生表示诚挚的感谢！

演员这个职业，需要我们在生活中不断地观察学习，不断切身去感受和领悟不同艺术门类的特点和精髓，从而在饰演不同时代、不同行业、不同年龄、不同地域的角色时，精准把握人物特点，真实展现人物，给角色以深厚的艺术感染力和生命力，所谓“功夫在诗外”就是这个道理。长期以来，更加值得关注的是影视行业里有一大批热爱、尊重演员这个职业，一直秉承专业、敬业的态度去认真完成每一个角色的实力派演员，他们专注的工作态度值得去敬重，他们步步夯实的从艺之路值得去推崇，他们成长的过程值得去探究。

因而我们“演员丛书”的立传人选都是在艺术上博学通达，孜孜以求的表演艺术家。更加值得关注、值得期待的是我们这些艺术家后继有人，他们的艺术才华和基因在自己的子女身上得以延续和传承，使他们不但在影视界被称为个人修为和艺术造诣的楷模，也成了颇受关注的“星爸星妈”。

这次《演员丛书》之《频频相见》的作者严翔和严晓频，就是一对不同寻常的父女。严晓频的父亲，是著名表演艺术家、上海人民艺术剧院非常有成就的国家级演员严翔。严翔先生是业界公认的学者型的演员，他因话剧表演蜚声沪上舞台，又以在《城南旧事》《日出》《上海的早晨》《朱自清》《问天何时明》等影视剧中细腻、出色的表演赢得了国家级奖项和赞誉，严翔先生为人热情、真诚、豁达、乐观，是令人尊敬的表演前辈和人生的好榜样，相信他的传记定会给喜爱他的影迷和读者以人生的启发和感悟。严翔先生的女儿严晓频在这本传记中撰写了父女两代人一同在文艺战线工作的诸多往事，勾画出了一个生动的父亲形象，一个有爱的艺术之家，也书写了严晓频本人的执着追求。她一直用艺术家的标准严格要求自己，多年以来在电影、电视剧、话剧等多种表演艺术形式上不断攀峰，成长为颇受观众喜爱的德艺双馨的青年艺术家的过程。相信《频频相见》不但会给影视表演从业者以启迪，更能给年青一代演员和读者以积极向上的人生正能量。

太平世界，因人物而繁盛。让中国影视的星空永亮，正是所有艺术家、演员、“演员丛书”的作者以及关心和支持本套丛书的社会各界朋友的共同心愿。让我们见贤思齐，在这个伟大的时代中不断修为，不断前行！

唐国强

著名表演艺术家　“演员丛书”编委会主任委员

中国视协艺术家诗书画学会会长

中国广播电影电视社会组织联合会演员委员会会长

引子

每每见到朋友，他们常常会问，晓频，严翔老师还好吧？现在更多的时候，爸爸会被称为严晓频的父亲。而在之前很长一段时间，我则被称为严翔的女儿。这是所有文艺圈里两代人都投入其中避免不了的称谓吧。爸爸在表演上得到过很多赞誉和重要的奖项，演绎了很多被业界和观众所称道的作品，而我，当然也是他的一个“作品”。

从没想过在这个年龄出一本有关自己的书，总觉得在艺术的道路上还有许多路要走，也觉得应该积累更多的东西才好……现在，有了这样一个讲述自己成长经历的机会，我也觉得很欣喜。可以分享给更多的人，那些想更深入地了解演员这个职业的人。

感谢父母给我生命的同时也给予我领悟艺术的能力。也感谢表演本身，感谢有这样一个如此要求人“纯粹”的职业存在，它让我人生的历程变得丰厚而充满了真实。表演最讲究一个“真”字，这本书也将以最真实的内容呈献给所有读者。

感谢演员委员会和唐国强会长、张歌秘书长，人民交通出版社股份有限公司及朱伽林社长、邵江主任、责编吴迪和为此书默默付出心力的朋友们。

感谢高鸿雁女士，她总是对所要完成的内容抱有极大的热忱和推动力，使得这本书无论是文字和图片都很丰富。感谢本书的撰稿胡凌虹女士，感谢她深入细致的采访并用细腻的笔触写下这些文字。

感谢一直以来关注和支持我的朋友和影迷们，你们是我心底里最珍视的那部分。

时光流转年复一年，愿心灵永远纯净和富有，走过岁月里一帧一帧永恒的画面。

严晓频

2017 年 11 月 15 日于上海

频频相见

目录 CONTENTS

第一篇章

如“花冠”般盛开的童年

我的童年充满了美好，爸爸妈妈给了我无限的爱，他们呵护着我的好奇心，引导我用眼睛去发现美，尊重我倔强的个性，并且容忍我的淘气，让我在合适的空间里尽情释放天性。他们就像那火红的朝霞一样，照亮了我的童年，让那段时光如“花冠”般美丽、安适、多姿多彩，一直盛开，永不凋零……

有人说晓频你的眼神总是那么清亮干净，这都因为从小父母给了我一双时刻能够发现美的眼睛。

父母“给”了我一双发现美的眼睛

1965年4月，我出生在上海复兴中路上的一条弄堂里。在我朦胧的儿时记忆里，能在父母膝下欢快玩耍的时光很少。他们一个在上海人艺工作、一个在中国福利会儿童艺术剧院工作，两人都是剧团里的骨干，经常忙得连轴转，常常夜色很浓了，才迈着疲乏的步子、带着饱满的情绪回家，那时的我早已进入甜甜的梦乡。

我幼年的时候，正处于“文革”时期，为了让我得到更好的照顾，爸爸妈妈忍痛把我送进全托的幼儿园。后来他们告诉我，送我去幼儿园的时候，我从未哭过，也用不着大人哄、许诺、说好话，一进大门，我就一个人上楼去了，只是会在楼梯的拐角停住，回过头来望他们一眼。

一个礼拜中，爸妈只有礼拜六才休息。每到那一天，他们就早早地来接我。在一群孩子中，急切地寻找着，这时小小的我已像小鸟般雀跃着，飞奔过去，一下子抱住妈妈的腿，不停地喊着：“妈妈、妈妈、妈妈、妈妈……”仿佛要把积攒了一星期的思念全都响亮地呼喊出来。

一路上，许久未见到我的爸妈也欢喜得很。虽然累，但爸爸还是高兴地抱着我走。我的身体依偎在爸爸温暖的怀抱里，小脑袋却左转右晃、东张西望。笼子里的“小鸟”终于被放出来了，外面的世界，真是新鲜得不得了……

我的父母是一对恩爱有加又志同道合的夫妻。

我四岁时，家里情况好了点，就让我上半托。早晨七八点钟送我去幼儿园，晚上七八点钟再来接我。也许是因为一天里多了期盼，时间的沙漏就似乎流得特别慢。我还记得幼儿园里有个院子，当夜色笼罩时，一位老师会陪着我们两三个小朋友坐在院子门口等父母。我经常会一边等待，一边望着天上的月亮，数着星星。那时上海的夜晚并不像现在这样灯火辉煌，夜空中的月亮、星星亮得很肆意，照得我心中也亮堂堂的——马上要回家了，家里有比天上的星星月亮更温暖更明亮的灯光。

在最渴望父母怀抱的那段时光里，我却经常待在幼儿园。但那段记忆中，我搜索不到哭泣、恐惧，反而是快乐、满足。爸爸妈妈虽然忙碌，却尽可能地给予我满满的爱，很多生活中的温暖细节凝结成了美好的记忆，在他们不在身旁的时光里化成闪亮的“星星”，一直陪伴着我，为我驱走落寞和孤独。

我四岁的时候，有一次，爸爸去黄山茶林场待了好几个月，他抓到了一只特别大的蝴蝶，他把蝴蝶展得平平的，用信纸细致地包起来，做成了标本寄回家里，信中特意提道：“蝴蝶”给频儿，让她好好地观察一下。我就把这个标本小心翼翼地压在写字台玻璃板下，在家时就会不时地仔细端详，看着看着，思绪仿佛也随着蝴蝶飞了起来，飞向那个神秘的茶林场……

我特别喜欢花，各种五颜六色的花，但记忆中最美的是爸爸亲手为我编织的一只美丽的花冠。那是在我五岁时的一天上午，爸爸带我去了人艺，在安福路人艺的花园里，他用剧院草坪边生长的各种色彩的野雏菊给我编了一个花冠。我美滋滋地戴着，犹如在童话世界里。那是我整个童年

1965 年 5 月，爸爸抱着刚满月的我，
这张照片拍摄于上海人艺的大草坪。

1966 年，一岁的我与爸爸，拍摄于桃园坨。

记忆中非常重要的一天。下午的时候，花开始枯萎，等我回到家，手里握着的花冠已经开始凋零……我心疼得不行，但是在心里，它却一直盛开着，怒放着……

爸爸的慈爱温暖着我，同时也身体力行地教我去发现美。潜移默化中，我也会慢慢自己开始寻找美。我对大自然的东西很感兴趣。我喜欢看嫩绿的新芽、抽出的茂密树枝，观察大树的横断面上一圈一圈的年轮，感受大自然的神奇。

下雨天，我坐在爸爸自行车的横梁上，钻在雨衣下面。我时常会揭起雨衣的一角，偷看外面下雨的世界，或抬头看着从天上飘下来的如千万条银丝般的雨滴，在空中斜织成美丽的珠帘；或低头看着雨落在车轮上，凝结成一颗颗晶莹的水滴，有的顺着车轮的辐条流淌下去，有的随着车轮的滚动欢快地飞溅出去。偶尔我会往外探一探，仰面向上，闭着眼，感受一下雨珠的亲吻。

“文革”时，爸爸常常要去“五·七”干校，当时妈妈单位有事，家里没有人照顾我。六七岁的我便成了“小尾巴”，乐颠颠地跟着爸爸去了干校，在奉贤农村住了一个月。干校的床很小，爸爸找来榔头、钉子和一块木板，动手钉床。一阵“叮叮咚咚”后，床变宽了，可以睡得很舒服。那几个星期，我见识了许多新鲜事儿。早上跟着大人起大早，走到海边看着太阳从地平线上升起，那时的太阳特别特别的红，发散出醉人的霞光，大人们告诉我，那就是朝霞。于是，每天一大早我就起来看朝霞，晚上静静地等着晚霞。在城市里长大的我，仿佛来到了一个世外桃源，贪婪地欣赏着自然之美。

1966 年秋，一岁半的我。

我喜欢一切新鲜的事物，而这背后，隐藏的是一颗“好奇心”。从小我的好奇心就特别重，在好奇心的引导下，脑袋瓜里也常常冒出一些奇思妙想，甚至还因此闯过祸。有一次冬天的时候，我跟着姨妈去她的亲戚家串门，因为天冷，妈妈特意给我围上了她最心爱的红色围巾。围巾是尼龙的。到了那家人家，看到一个煤球炉子时，我脑中忽然冒出一个点子：冬天从外面回到家，有时我们会把手放在煤球炉子上方暖和一下，那为何不把围巾也放在炉子上面烤一烤呢？说不定围着更暖和呢！想到这儿，我兴奋起来。一试，果然围巾就有温度了。我得意洋洋地围着暖和的围巾回家后，妈妈却罕见地生起气来。原来，她最心爱的红围巾上出现了好几个洞。我一下子懵了，不知这些“洞”从何而来。听着我“委屈”的“招认”，妈妈立刻明白了，定是煤球炉上的火星溅上去烧出的洞。她又生气又觉得好笑，真不知那时候我的小脑袋瓜里怎么会冒出这样的想法。

1974 年夏，九岁的我抱着八个月大的妹妹。

生活本身是最好的老师

小时候，家里的条件不是很好。我八岁时，妈妈怀上了妹妹，家里的负担更重了，我忽然感到自己已经长大了，要更多地替家里分担。那时食品供应紧张，样样都要定量供应，连西瓜都要凭票购买而且还要排队，每人只能买一到两个。为了给妈妈多买几个西瓜，我主动跑去店家帮忙搬西瓜。轮到我买的时候，我就央求营业员："我妈怀孕了，她什么都不想吃，就想吃西瓜。您就多卖两个给我吧！"可能是我那懂事的样子博得了他们的同情，终于让我如愿以偿。

有段时间，火腿不但限量而且还很难买到，家里人常常感叹。我一听就说道，我有办法。原来我们学校曾经组织学生在那家卖火腿的店里劳动过，和店里的职工很熟。于是，一大早，我就去那儿等着开门，心想，排在前面可以买到好一些的。等我抱着火腿乐颠颠地跑回家时，妈妈反而难过地流下了眼泪。那时正当盛夏，我跑得大汗淋漓、衣衫湿透，因为光脚穿着塑料凉鞋，脚在排队拥挤时被人家踩破了皮。妈妈看到我的样子，心疼得不得了，但我心里却因能帮助家里而乐开了花。看到妈妈难过，我连忙想些笑话讲，还做点怪模样来宽慰她。

那时，我的伯父因为"文革"受冲击，断了生活来源，就把我堂哥严鹰

1975年冬，我们一家四口。

寄养在我们家里。一下子，家里有三个孩子需要抚养。吃饭的时候，爸爸会给堂哥多夹些菜，我从不会计较。因为能一直在爸妈的庇荫下，我已经很幸福了。平时，阿姨在家忙着做饭时，我和堂哥就承担起照顾妹妹晓莲的任务，经常轮流推着妹妹的小车，去外面马路逛一逛。因为小时候在一起长大的关系，至今我们兄妹三个都很亲近。

等我长大后，爸爸妈妈有时会和我一起回忆我的童年，他们模仿我稚嫩的表情、声音时，大家总会开心地笑起来。他们会一个劲儿夸我懂事，从没有让他俩操过心，从未曾嫌过吃得太差、过得太苦，从不争多嫌少。说到这些时，他们总是情不自禁地流露出心疼来，带着愧疚的语气对我说："频儿，假如时光真能倒流，我们会竭尽所有，补偿给你无忧的童年！"我赶忙说："爸爸妈妈，你们给了我最好的童年！"这不只是宽慰，而是我发自内心的最真实的感受啊！他们给了我远比优渥生活珍贵得多的东西！是他们教会我在艰辛中快乐地生活，在苦涩中品出别样的甘甜。

虽然爸爸非常忙碌，但为了我们，中午一下班就急忙往家里赶。在路上顺便买上些菜，回到家还没喘过气来，就赶紧做饭。爸爸非常能干，好像一心能够两用甚至三用，他很会巧妙地利用时间，家里家务活不少，他总是一边做事一边背台词。有一次他演一个大反派，戏里面有各种各样的笑，狰狞的笑、讽刺的笑……我放学回家，还在楼下，就能听到爸爸的洪亮的笑声。爸爸对生活有着满腔的热忱，生活中很多东西都能为他所用。他手很巧，亲手为我做过衬衫，在干校的时候做过帆书包。他似乎有种能耐，在别人眼里了无生趣的事情，他都能从中找到惊喜和乐趣。

2004年，一家四口过新年。

我的妈妈也是个很坚强的人。那时有一段时间，出来一个奇怪的规定，上海儿艺的艺术骨干都要被派去工厂劳动。我妈妈被派去了耐火材料厂，后来去了上钢十厂。有一次，我去看她，只见妈妈穿着蓝色的工装、戴着帽子在干活，要把二十几斤的沙拢到一个地方去压，很耗费体力。那时她被迫离开了心爱的舞台，身体也不太好，还要如此辛劳地工作，让我感到特别心疼。看着她汗如雨下、疲惫不已的样子，我很想跟她说几句安慰的话，但话到嘴边却哽咽得说不出口，望着她面对繁重的任务却依然专注认真的眼神，转而想到平时回家时她的从容乐观，我忽然感到任何宽慰的话都是多余的。

生活本身是最好的老师，爸爸妈妈从没有告诉我，在物质匮乏、生活充满暗礁的时刻，该如何去面对生活中的艰辛。但他们以乐观豁达的态度和积极坦然的言行，给我们上了特别生动的一堂课——生活的阳光背后，总会有黑暗，会给我们柔软的心带来伤痕，但它永远不能吞噬我们的微笑，吞噬我们追寻光明的勇气。

1970 年，我五岁。

文静外表下的倔强

在大人们眼中，我是个温文尔雅、懂事乖巧的文静女孩。我喜欢弹钢琴，可惜小时候没有条件学。我还喜欢芭蕾，小时候，妈妈亲自教我跳芭蕾。我有一双芭蕾舞鞋，是红色缎子做的，通常演出时穿，是当时还在上海芭蕾舞团《白毛女》中跳“喜儿”的吕璋瑛阿姨送给我的，这双鞋子我很宝贝，舍不得穿。我经常穿的是吕阿姨送给我的另一双米白色的帆布鞋，是练功用的。妈妈亲自教我动作，怎么站、手的姿势怎么放、为什么身体要挺拔啊等等，这可能是我接受的艺术方面最早的启蒙。

除了女孩子的特点，骨子里我还有份淘气劲儿，有男孩子的一面。小时候，我特别喜欢夏天去爸爸或妈妈的剧院，那里有像乌梅汁一样特别好喝的冷饮。进了排练场，妈妈让我在观众席上安静地坐着，可是过不了多久，我就会像脱了缰的小野马，跑到外面漂亮的草坪上，与其他小伙伴一起奔跑起来，你追我赶，玩得满头大汗、不亦乐乎。漂亮的新裙子一下子汗涔涔的，妈妈一边给我擦汗，一边疼爱地责怪我：“太顽皮，一点也不女孩了。”我嘻嘻笑着，嘴上应承着，却“屡教不改”。在家里我会很懂事、很安静，但是一到了外面，有一个合适的空间，我也绝不会压抑自己，尽情释放爱玩、亲近大自然的天性。

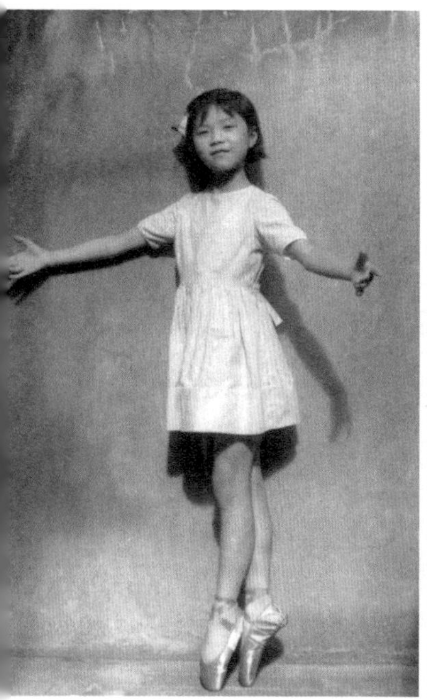

吕璋瑛阿姨教我芭蕾动作。

上小学的第一天，我就闯了次祸。中午回家吃饭时，我对爸爸说："老师叫你放学的时候去一次。"爸爸一愣，刚开学有啥事啊？问我，我也不说。下午，爸爸见了老师。老师告状道："你女儿怎么这样自说自话呀！今天开学第一天她就爬窗户，有门她不走，偏要从窗户中爬进来。"爸爸有点不敢相信，觉得我不至于调皮到这种程度。经过他们再三追问，我才道出了原委：原来，那天上课铃响了，大家在门口拥挤着进来，有个同学突然说："妈呀，我的东西落在操场里啦！"当时我仗义助人的脾气就来了，说："不要紧，我帮你去拿。"可当时门口都是同学，出不去。我二话不说就从窗户爬了出去，捡到东西再爬进来的时候，恰好被刚进门的老师撞见了，好事就这样变成了坏事。还有一次，爸爸妈妈发现我最喜欢跳的橡皮筋没有了，而手里却冒出几块很旧、不成样子的积木。他们问我是怎么回事，我就是闭口不说。事实上，是弄堂里另外一个大孩子跟我做了交换。我们俩商量好，对任何人都不能讲，就是父母问，也不能讲。

外表文气的我，骨子里却是倔强自负的。在我小的时候，爸妈盼望我将来能有一技之长，就让我学拉小提琴。后来突然发现，怎么老师不上门了。有一天，老师匆匆来了，对他们说，晓频他教不了，学琴的时候，老是唱反调，他教我这样拉，我偏要那样拉。其实我是不愿学琴，就故意调皮地不和老师配合，用这办法来和爸妈对抗。在我的"小聪明"下，琴就学不成了。

虽然音乐之路半途而废，但我的运动能力却显露出来。那时瘦瘦高高的我，四肢协调机能特别好。于是，在我小学四年级的时候，被选去徐汇

1974年，九岁时的我，照片拍摄于上海襄阳公园。

区少年体校打了四年的篮球。那里是很艰苦的。一般是上午上文化课，下午练球。训练非常严酷，不少同学受不了日晒雨淋下的高强度训练，当了“逃兵”，而我却坚持了下来。小学时的我，年纪虽小，却已经有了自己的主见，不喜欢的事情绝不顺从，而一旦遇上心头所好，八匹马都拉不回来。

冬去夏来，由于训练太辛苦，身上的内毒都发了出来，背上长出好几个小疖子，每天练完球，球衣都脱不下来，全粘住了。但我并没有告诉爸妈，怕他们担心。不过，他们来学校看我时，还是知道了，找了我家老保姆帮我慢慢地脱，一个痂一个痂地揭下来。爸妈看我那么卖力地训练，很心疼，又感到很安慰，觉得我是个能吃苦的孩子。

现在回想起我的童年，充满了美好，爸爸妈妈给了我无限的爱，他们呵护着我的好奇心，引导我用心灵和眼睛去发现美，尊重我倔强的个性，并且容忍我的淘气，让我在合适的空间里尽情释放天性。他们就像那火红的朝霞一样，照亮了我的童年，让那段时光如“花冠”般美丽、安适、多姿多彩，一直盛开，永不凋零……

第二篇章

叩开“电影圣殿”的大门

少年时代的我，一直对电影痴迷，只是并不自知“爱”得有多深。这份深藏的“爱”，就像一汪潭水，上面水平如镜，下面却是暗流涌动，只待一个突破口，就会喷涌而出。

来自电影世界的神秘诱惑

小时候，经常跟着爸爸妈妈去剧院，潜移默化中看了不少戏，知道了一部戏是怎么生成的，整个过程并不像想象中那么简单、容易。演员在我看来，也是很有意思的职业，一个又一个新人物的塑造，一部又一部新的戏，会让生活充满了新鲜感。舞台上的爸爸妈妈让我既熟悉又陌生，声音还是那个声音，体形还是原来的体形，但因为化了妆，穿上了戏服，演戏时不同于日常生活的仪态、举止，全然的投入与陶醉，让我恍然觉得，这完全是另外一个人，非常神奇。

有时，爸爸会外出拍戏。临走前，总会将那个牛筋深米色的背包塞得满满的，放进各种各样的日用品，鼓鼓的。爸爸总是会特地关照我们几句，从他的和蔼慈爱的笑容里，我们看到了不舍，更感应到了一份亢奋，那是新创作欲望的萌动，也无形中引发了我对那个神秘世界的向往。

不过，儿时的我并没有要做演员的念头。爸爸妈妈似乎也不愿意我从事这行，觉得太辛苦。他们只是一直叮嘱我要好好学习，多看书。在中学时，我几乎没有参加过少年宫的文艺活动，仅有的两次是代表学校扫墓时念臧克家的诗《有的人》，进入高中后，艺术经历也几乎是一片空白。那个年代，艺术院校招生特别少，做演员似乎是遥不可及的一件事情。

从小并非文艺骨干的我，在十多年的成长经历中，似乎跟艺术不沾边。但几年前一次同学聚会时，二十多年未见的同桌告诉我，她觉得我当演员是水到渠成的事，因为那时我特别喜欢看电影杂志、画册。老师印象中的我，也有点与众不同，不像一个二十世纪八十年代的孩子。这也许跟我的性格、穿着有关。那时我经常穿着一件白衬衫，外套是妈妈的一件红毛衣，下身穿一条喇叭裙、白袜子、黑皮鞋，干干净净，简简单单，透着浓浓的书生气。这样的气质，在老师眼里，很像他们年轻的时候，有那么点“五四青年”的感觉。

回想起来，豆蔻年华真是弹指一挥间，还未察觉就已经远离。如今回忆，很多碰到的人、很多经历过的事已经模糊了面貌，但是那些遥远的、银幕上的人和事却依然记忆犹新。可见，中学时代的我已经是个彻彻底底的电影迷。电影《家》中，梅表姐、鸣凤、瑞珏这几个善良但命运多舛的传统女性形象，一直萦绕在我的心头，让我充满了同情和悲愤。电影《青春之歌》中，谢芳饰演的林道静，秦怡饰演的林红让我心潮起伏、难以忘怀。我不仅迷恋银幕上的女主角，还喜欢那些有性格的男主角，比如电影《永不消逝的电波》中孙道临老师饰演的李侠，任何时候都不卑不亢、从容淡定，让人印象深刻、肃然起敬。

那个年代，全国的电影院里放的就是那么几部经典影片。不过，作为文艺骨干的爸爸妈妈会拿到些内部票，可以看一些国外的参考片。他们忙碌时，就把票给了我。因此，我也借光享受了“特殊待遇”，观摩了俄罗斯电影《复活》等一系列国外影片，包括阿尔巴尼亚电影、罗马尼亚电影。电影艺术真是太神奇了，一个银幕就能让我立刻穿越时空，来到一个全然不同的世界，那些异域特色的建筑，那些琳琅满目的商店橱窗，那些飘逸靓丽的裙子，以及那边人的不同的生活方式，都是前所未见的，让我惊叹不已。

第二天中午，在学校食堂吃完午饭，我就忍不住把自己“独享”了的“电影大餐”分享给同学。我的记忆力蛮强，电影里人物间的重要对话，我大致都能记下来。因此分享时，我尽可能绘声绘色地把电影细节讲述出来。每当这时，很多女同学都围在我旁边，听得津津有味。不远处还有一些男生也迟迟未走。那时男女同学间都比较羞涩，不太说话。后来有男同学告诉我，只要你严晓频一开始讲故事，我们就都不走了，在那坐等着，伸长耳朵听。

少年时代的我，一直对电影痴迷，只是并不自知“爱”得有多深。这份深藏的“爱”，就像一汪谭水，上面水平如镜，下面却是暗流涌动，只待一个突破口，就会喷涌而出。这个突破口就是一条消息：已经四年没有招生的北京电影学院终于又要招生啦！

独自闯过艺考“独木桥”

那是1982年，我正在南洋模范中学念高二，当年上海戏剧学院不招生，而北京电影学院开了大门，四年前招的一批表演系、导演系、摄影系的学生即将毕业，学院准备招新生。

我向爸爸妈妈主动提出想去报考北京电影学院表演系。爸爸回复我说：“如果招考只有北京一个点，那就算了，倘若南京也设招考点，你倒可以去试一试。”幸运的是，后来上海也设了考点。爸妈考虑再三后，同意我去报考，但是与我“约法三章”：以不影响毕业考试为前提；要征得班主任老师的同意；对外不声张，凭自己的实力去闯一下。年级组长张美丽老师一向很关心我，特别支持我，在毕业生肄业考试的紧张关头，我请假去考试，她不仅替我保密还为我补课，以免万一落选，情绪和学业都遭到打击。

那一年，北京电影学院表演系只招20个学生，全国各地几个考点加起来，约有1万多人报考。浩浩荡荡的艺考大军要过这么一座小小的独木桥，除了凭实力外，运气也很重要。大家觉得，谁要能考上，用上海话来说，那就是“额头碰到天花板”了。

也许是因为考上的希望实在太渺茫，我的心态反而更加放松。我对历史也很感兴趣，当时一心想考华东师范大学历史系，忽然半路“叉”出一条新路，我就想着去试试呗。

爸妈对我也没有什么要求。很多人认为，有一对当演员的父母，那真是“近水楼台”啊，铁定给我开了不少“小灶”。但事实上，他们并没有给我什么特别辅导，只是帮我稳定一下情绪。他们语重心长地对我说：“如果你具备条件，是当演员的材料，那别人想扼杀也扼杀不了。倘若你没此素养，即便托人，请人左辅导右辅导，最终也成不了气候。如果考试这一关你能独立地闯过去，那也就意味着你适合走这条路，你有能力掌控自己的未来。”

临考那天早上，爸爸送我出门时，特意提醒我：“考不上没关系，就当是去玩一次，见识一下考场，增长点见识。”

初试时，我蛮淡定。进考场后，十几个同学坐成一排，一个个自报家门，轮到我时，也许是起身有些快，身后的椅子“咣当”一声倒地了，全考场的人都大笑了起来，我有些尴尬，不过很快调整好心态，很镇定地把椅子扶好，然后从容地介绍了自己。当时考试时，考生很多，记得是25个人一个考场，让我们走了独木桥，做了集体小品。

二试时，考生很多，记得是25个人一个考场，老师让我们做了看榜和走独木桥的集体小品，随后是单人小品的考试。其中一个考题是：“看月亮”。我看向了我上方的一面墙，在上面找到了一个焦点当作月亮。一旁的林洪桐老师就一句话一句话地启发我，我就随着老师的提示一步一步地演。后来知道，老师就是通过这样的方式观察考生，看你是不是专注、是否情感充沛、是否能跟着老师的要求来表演。记得二试考了很久，早上八点半进考场，十二点半出考场，整整四个小时。

几天后，二试面试放榜，在新华路上海轻音乐团的院子里，一块黑板上，贴着几张白纸，上面有通过考生的名字和考号，通过二试进入三试的只有16个人。幸运的是，我是其中之一。

回家时，正巧碰到爸爸骑着自行车从剧院回来了，在家门口，他边停车边问我："今天发榜了？有吗？"我乐滋滋地点点头。"那行，已经很不错了。"爸爸轻描淡写地说道，但嘴角还是不由得上扬了，眉宇间透着欣慰。

虽然爸妈不动声色，但是在最关键的三试前，他们还是给予了我一些帮助。爸爸请了剧院的陈奇阿姨、周谅量阿姨在朗诵方面给我一些指导。他还请了朋友叶千荣和王京蒂，帮我挑选了一首现代诗，是一首仅有十句的小诗，讲述一个女孩子站在风中、裙角被意外吹起后的心情。记得诗的最后一句是："我就是自己"。这首诗并不知名，也不知作者是谁，但很特别，有真挚的情感。爸爸说："你只要找到一篇特别符合你的年龄、契合你整个状态的诗朗诵就行。"

三试前一天的晚上，八九点钟，当我做完学校作业后，爸爸妈妈就对我说："来吧，给你讲讲什么叫真实？什么叫感觉？做小品应该怎样去做？"他们简要地说了几点演小品的要领，出了几个简单的小品题让我做做，然后就让我去睡觉了。

我还记得三试的一道考题是：如果你是一个医院里的大夫，面前有一台显微镜，你正在看你妈妈的病例，发现是不好的情况。你怎么办？当时年纪还小，还搞不清楚绝症到底是怎么回事，只是知道是不好的状况。进入规定情景后，我一下子就相信了，一阵难过涌上心头，可是想到医生的职责，我强忍着悲伤的情绪，一边仔细地观察，一边在病历上做一些记录，写着写着，眼泪还是无声地滴落下来。后来知道，这道考题并不是要求考生把小品的结构做出来，而是观察考生的表现有没有闪光点、有没有激情，从而看考生有没有做演员的潜力。

朗诵环节，我读了特意准备的《卖火柴的小女孩》。这篇故事非常形象，而且有比较丰富的情绪转换，当时我就是凭自己最本真的东西去念的。后来我的班主任李苒苒老师告诉我，这篇《卖火柴的小女孩》的朗诵给她留下挺深的印象。

我考完三试后，爸爸给在北京电影学院教书的老同学写去了一封信，询问情况。他的老同学回信道：当时招考老师从上海考场回来后，就听他们在重复提我的名字：严晓频、严晓频，看来希望应该比较大。北京电影学院隔了四年才招新一届学生，学院非常重视，最后要开大桌会议，主考老师把收回来的、认为是可塑之才的学生简历都放在桌上，然后表演系老师、系领导、院领导一起来讨论。最终他们决定表演系招 14 人，7 男 7 女，我是其中之一，非常幸运。当我的高中同学们还在紧张地准备高考的时候，我已经提前被北京电影学院录取了。为了不影响同学们备考的情绪，我还是每天照常去学校上课、复习，但我的心已经飘向了千里之外的北京……

1982 年春，刚刚进入北京电影学院表演系的我，戴着崭新的校徽呢。

1986 年，毕业前夕的我。

第三篇章

北京电影学院中的磨砺

那时的我，17 岁，就是一张白纸。考试时，也许我单纯、质朴的本色吸引了考官，向我打开了通往学海的大门。但当我这条未经世事的小河汇入汪洋学海后，我不由得望洋兴叹，“白纸”也显露出劣势：经历的缺乏，迫使我去迎接一波又一波汹涌的挑战。

学习如何真正地"看电影"

在电影迷们的心目中，"电影学院"就是一座神秘的艺术圣殿，用现在的词来说，就是"高大上"。因此当过五关斩六将、独闯过独木桥，千里迢迢拖着行李箱来到北京电影学院的大门口时，我的内心是有些失落的。当时的北京电影学院位于北京郊区，在朱辛庄的中央五七艺术大学内，校园很小，校舍也很简陋，和北京农学院的学生共用一个校区。

虽然学校的硬件条件让我们一下子颇感失望，但是转眼，这种情绪就被丰富多彩、应接不暇的校园生活驱散得无影无踪。我们不仅要学表演方面的专业课，还要上音乐欣赏、艺术概论课、电影美术鉴赏课、电影导演课等基础课。

记得在考电影学院前，听一位表演系 78 班的学生说，一年要看 400 多部电影。"这不正合我意！"当时我心中暗想："如果能进这个学院，每天看电影，那真是太幸福了！"等我如愿以偿地考入电影学院后，发现这 400 多部电影是要按不同科目要求看的，有国产影片，也有电影史上如雷贯耳的经典片子，如美国米高梅电影公司出品的《日瓦戈医生》、俄罗斯拍的黑白片《安娜·卡列尼娜》等。

400 多部电影平均下来，我们一个礼拜一般要看八部电影，有时直接在学校里看录像带，有时则要去市区的中国电影资料馆里观看。轮到要去市区那天的一大早，我就提前把要带进城的包准备好。下午下课后，匆忙赶回寝室，吃一点点心、喝口水，就马上背起背包，搭乘老师的班车进城看片子。车开到城里要 50 分钟，晚上回来又需要 50 分钟，虽然疲惫，但大家精神都很亢奋，看完电影后，在回来的车上，就开始你一言我一语地热烈讨论起来。很多时候，聊得兴起，回到寝室后继续讨论到午夜 1 点钟，才意犹未尽地去睡觉。看电影的时候，我们总是愉悦无比，但紧接着繁重的作业就一篇篇接踵而来，需要根据不同科目从各个角度去分析影片。哪怕到了周末，除了吃饭、睡觉，基本就泡在作业堆里了。

那段学习的时光，忙碌得时间仿佛都要掰开来用，但我们却很享受，每堂课都能吸取新的养料，不断感受电影艺术的魅力。

郑栋天老师给我们上电影导演课，教我们如何在一部电影当中“看到”导演。起初，老师并没有教我们怎样去制作电影，而是让我们先对电影有个全面了解，先学会“看电影”，看懂一部电影。真正的“看电影”绝不是浮光掠影、走马观花般地看个热闹，真正地“看电影”是懂得里面的艺术氛围，然后研究为什么能拍成一部这么经典的电影。

美术鉴赏课上，倪震老师精心挑选了几部经典影片中的一些画面，那些画面拍得就像油画一样精致，老师教我们如何去欣赏画面之美。他说，自己在美术系学习时，同学们很难有机会去知名的大美术馆、博物馆参观，因此哪怕看到名画的印刷品，都是那种心潮澎湃的感觉，想象着自己来到博物馆，坐在这幅画前，用一种顶礼膜拜的心情去细细欣赏，想着如果是自己拿笔，会怎样把这幅画临摹出来。

1983 年夏，我与同学李芸、张康尔一起做小品，
照片拍摄于北京电影学院表演系 82 班教室。

大一时82班第一次全体出游去八达岭长城。从左至右：林芳兵、张晓林、赵君、霍旋老师、崔新琴老师、谈维虹、李苒苒老师、马川、王蕙、李兆宇。

毕业了！1986年夏，北京电影学院表演系82班全体同学。

"好的画家对于一个人物形态的捕捉是特别准的，比方战争场面中那些人物的动作。杰出的人物画中，比如欧洲 17 世纪的伟大画家伦勃朗的人物画，所绘就的人物形象虽然只是一部分，但是这个人所经历的岁月，他内心的波澜起伏，在他的脸上其实是有所呈现的，所以一幅好的画是可以跟观赏者对话的。"老师如此告诉我们。在老师的引导下，我们也能与画"交流"了。我领悟到，人物的眼神其实是一幅画最瞩目的地方，若有心观察，可以发现：有的人眼神很安静，有的人眼神很紧张。杰出的画家可以通过描绘人物的眼神来揭示他是什么样的一个人，他的精神风貌是怎样的。这就是绘画艺术的魅力，这跟表演艺术是贯通的。经常多看画，能打开演员的想象、思路，增强感受力和触类旁通的能力，增加创作的灵感。

影视赏析课上，老师既会从宏观角度讲授很多电影历史知识，比如法国新浪潮电影、意大利新浪潮电影是怎么回事，有哪些代表作等；也会从微观角度，庖丁解牛般为我们进行非常细致的剖析，比如这部电影导演的手法、演员的表演、整个片子的故事发展逻辑，包括录音，都会一一分析。我印象很深的是，有一部片子里，有一个镜头，主人公穿过马路时，一个东西掉进了没有井盖的下水管道里，然后就有了一个自由落体的声音。这个声音的出现看似闲来之笔，却是一个精心的设计，它参与了故事的进程，是主人公内心情绪的一种呈现。

通过这个细节，老师启发我们：电影化的表演不需要演得很满，因为电影艺术有很多拍摄手法，镜头本身就是一个特别强有力的工具，前后的镜头内容是有衔接、有延续性的。影片中，一个人物的镜头完成后，可能会转移到某个景色，这时画面也好，声音也好，哪怕是一个空镜头，都是在参与表演，都跟人物水乳交融，都是在帮助人物表达情绪。因此，电影的表演是要克制的，要有节制，准确意味着一切。对于前后镜头的衔接，演员心里要有数，要算一算，这个时候要演到什么程度。比如，在一个特别惆怅的状态里，演员不用拼命演，可以很安静，有一些情绪即可，因为电影接下来的画面会补充这种惆怅，展现这种惆怅，如果拼命去演，最后可能就过度了，让自己显得很假。面对不同的镜头，是中景、近景、远景还是特写，表演也应该是有所不同的。越是给演员特写镜头的时候，越是要注意用自己最真挚的情感来演；全景的话，人的轮廓很大，有些动作的幅度就要大一些。

表演系四年的课程中，会安排一年半的实习，所以所有的专业课、基础课提前在两年半里完成，学习进度非常快。虽然是表演系，但是教授的内容并不局限于表演，而是与电影相关的各个方面，包括与电影相关的其他门类的艺术。除了表演技巧，老师们非常注重培养我们全面的艺术素养，启发我们自己去寻找表演所需要的、靠近人物的东西；他们也为我们建立了一种表演理念，那就是电影的表演要非常非常真！

震撼心灵的磨炼

那个年代，戏剧学院、电影学院招生倾向于招收“一张白纸”的学生，相对于费力去纠正一些有过表演经历的学生的陋习，老师更愿意在一张“白纸”上画“最美的图画”。

那时的我，17 岁，就是一张白纸。考试时，也许我的单纯、质朴的本色吸引了考官，向我打开了通往学海的大门。但当我这条未经人事的小河汇入汪洋学海后，我不由得望洋兴叹，“白纸”也显露出劣势：经历的缺乏，迫使我去迎接一波又一波汹涌的挑战。

在班里，我是唯一一个应届生，年龄是最小的，最大的同学比我大七八岁。虽说在父母身边受过熏陶，也有不少看戏的机会，从小耳濡目染，但毕竟还是个刚读过高中涉世不深的学生。一到课上，需要做跟生活贴近的小品时，我就胆怯了。而同学当中不乏演过戏、拍过影视剧的，有的已是小有名气的明星，排片段、构思小品都很有方法。相比之下，我感受到不小的差距。

一次课上，老师让我们表演厨房里发生的事情。当时有个同学表演得非常生动：她吃力地扛着沉重的煤气罐来到厨房，慢慢地放到灶头下方，然后连上管道，打开煤气灶头，一看火不旺，就开始用手拼命晃动煤气罐，让罐里的煤气冒上来，手晃累了，就忍不住伸腿踹上几脚。一连串

1986 年夏毕业前夕，我们北京电影学院表演系 82 班的全体同学与涂赛中老师、李苒苒老师、林洪桐老师、霍旎老师的合影。

的虚拟动作，看得我们都傻眼了，一个简单的小品居然能表现得如此生动逼真？细想一下，也只有在北方生活的人才能表现得如此丰富细腻。在上海，厨房里都是管道煤气，一开灶头，煤气立刻就通上了，根本不需要多余的动作。

如果我想要表现得像那位同学一样，这就需要展开自己的想象了，而且这朵“想象之花”也是需要从生活的土壤里长出来的，得熟谙它的生长过程，它的特性，否则就成为了一朵“塑料花”，肤浅、虚假！可是，任凭我再怎么绞尽脑汁、搜肠刮肚地查找记忆，记忆内存还是少而有限，之前十几年，从家到学校两点一线的日常生活，远远无法提供给我更多的表演素材。我第一次感觉到，演艺之家和城市的成长背景并没有给我带来太多优势。

看着很多同学做小品做得好欢实，热火朝天，我却像断了线的风筝，孤零零地飘荡在瑟瑟寒风中，一直抓不准感觉，内心非常焦虑。课上一到做小品时间，我就开始无所适从、惴惴不安，别的同学踊跃表现，我却不由自主地缩起身子，内心嘀咕着：“老师最好别叫我，我还没有准备好呢！”

学校的课程进度很快，在老师的引导下，大部分同学都是健步如飞，而缺乏生活积累的我却步履蹒跚，甚至失去了之前考场上的自信从容。看在眼里的李苒苒老师和林洪桐老师也着急了，忍不住提醒我道：“晓频，你上的是北京电影学院表演系啊！可是，你现在这个状态更适合去上北大这类学校啊。”虽然老师说的时候轻声细语，却一针见血，如一把重锤锤在了我的心上。学表演的学生，需要把思路、想象、演技等各方面全部打开，而我，虽然上课非常认真，但是表演上比较拘谨，太学生气，太安静了。

毕业时我们在教学楼前合影。左起：张康尔、张晓敏、赵君、李芸、臧京生、林芳兵、张晓琳、我、李兆宇、娜仁花。

有一次，课堂排练，老师觉得我的出场有问题，就让我一次次地重来，也不知重来了多少次，我却迟迟无法进入规定的情境。焦急之余，委屈、酸楚、不甘……种种复杂的情绪涌上心头，再也无法克制，我推开教室门冲了出去，一直跑到走廊尽头，对着窗户大哭不止。老师很担心我，让与我要好的几位同学过来劝说。可是我的倔强劲上来了，同学再怎么劝，我仍执拗着不肯回去。我需要时间一个人好好冷静一下。

说来奇怪，当内心的积郁、愁闷、委屈因突如其来的情绪爆发宣泄出来后，惧怕、焦虑、彷徨的心理一扫而空。我终于能抱着轻松而平常的心态走上排练场，之前崎岖不平的道路似乎也变得平坦、容易了起来。我明白了，欲速则不达，于是便放下心理负担，慢慢地，从小处着眼，一点点进步。平时呢，多观察生活，多了解一些与自己生活不太一样的事物。

到了二年级，课堂上要做观察生活的练习。几个同学一组上场，可以扮演任意年龄段、任何身份的人，比如演一个跟自己比较贴近的学生，或者可以演一个稍稍有一点残疾的人，或者演一个特别特别疲劳的中年人；可以是开心的，也可以是忧愁的；可以找人交流，也可以一个人沉默不语。在现场，完全根据自己的想象自由发挥，临时地、非常即兴地交流、碰撞，而且不需要告诉老师你演的是谁。

这个练习，每个人上场五次。老师告诉我们，这是训练演员的一种方式，需要我们完全释放天性，抛开一切紧箍住思维的东西，展开自己全部的想象。

我记得我演过学生，演过母亲，演过老人。老人离我距离比较远，所以根据生活中的观察，我设计了一些动作：驼着背，腿不太灵活，拄着拐杖，走路比较缓慢。那个时候的我，很稚嫩很生涩，但是在老师的指导下，慢慢地、一点点进入人物，越来越松弛自然地呈现出老人的状态。

还有一个集体小品的练习，我记忆犹新，主题是：上坟。台词自己编，目的是训练表演激情。我想象坟墓里埋葬的是一个很亲的人，一下子就沉浸到悲伤中去了，眼泪大颗大颗地掉下来，自然而然地表达出内心的感情。老师赞许道："晓频表现得挺好的，有了比较大的变化。"虽然在老师眼里，我还没有达到"突破"的层面，但是对我而言，是迈出了很大一步：我打开了心灵的闸门，由表及里，把自己融合进去了。我找回了自信，我发现激情是我的强项。细想一下，应该归功于"相信"吧。

表演的最高境界就是真实。老师经常跟我们强调表演的"三要素"：真听、真看、真感觉。但是到了表演时，有时候这个"真"才达到30%，有时候可能60%，有时候则能够达到90%以上。能呈现多少"真"，在于演员的信念，在于演员与角色之间的那种"你中有我，我中有你"的融合感。老师让我们学会"当众孤独"。所谓"当众孤独"，就是在那一刻，整个世俗、现实世界都退居脑后，眼睛里所有人都消失不见了，只剩下我和我所要表现的人物，只剩下那时那刻演员需要牢牢抓住的东西。领悟到表演的真谛后，我的学习之路也越走越顺畅。

在北京电影学院的四年，我经常跟爸妈通信。那时电话并不普及。虽然学业的繁重让我精神上承受着很大压力，但倔强的我并没有在信中跟爸妈诉苦，只是报平安。我清楚地知道，自己的难关只能靠自己闯。若干年后，一次聊天时，向爸妈提起了进校起步阶段所经历的挫折，他们听了很心痛，同时也为我感到庆幸，也许正因为有了这些震撼心灵的磨炼，才使我的表演之路走得更远。

第四篇章

初入银幕，学会“忘记自己”

演员要忘掉“自己”，若记住“自己”的话，你成为“她”的那一部分就少了。演员要真正地爱上要演的人物，需要特别舍得把自己交出去，毫无保留地交给“她”。真实是第一位的，“真”其实能弥补一切。可能拍出来你容貌上没有那么美，但如果你特别逼真、特别真诚，观众就会特别相信你这个人。

在地下两百米拍了第一部戏

19 岁那年，大二刚结束后的夏天，我参与拍摄了电视剧《金银湾》，那是我真正意义上的第一部戏，第一个女主角。《金银湾》中，我演的是一个学美术的女孩，生活遭遇了不幸，感情上也遭到挫折，于是一个人跑到了矿区，一方面是去寻找创作灵感，另一方面想去认识一下质朴的矿工，因为她的父亲曾经在矿区工作过，跟煤矿工人建立了深厚的友情。

剧中，很多场景是在矿井中。为此，剧组专门找了山西一个煤矿作为拍摄地。按照规定，女性是不让下矿的。为了拍摄，导演金淑琪、一个女场记，还有我，三人被特批下矿。

我们是坐罐笼下矿井的。我当时的感觉是，明亮的光线离自己越来越远，黑暗开始笼罩全身。身体随着罐笼缓缓地下降时，内心同时升腾起越来越浓的好奇与兴奋，那是一个几乎与外界隔绝的地方，是一个早闻其名却未曾一见的神秘之地。

后来很多人问我，不害怕吗？不担心忽然出现事故吗？说实话，当时真的一点也没有感到畏惧，脑中也未曾考虑过安全与否的问题，只是一心想着，一定要跟摄制组一起下去，完成拍摄。

过了好几分钟，罐笼终于下到了距离地面两百米深的地方。如同一下子跌入漆黑的深夜里，有那么几十秒钟的恍惚，不过我很快适应过来，睁大眼睛仔细观察周围，发现别有洞天。矿井内，有一台巨大的、像转轮一样的德国机器正在轰隆隆地工作着，单就一个轮子就比一间房间还要大，边上有个大铲子正在挖煤。矿工们站在液压支架下工作，这个工作面是安全的。原来矿井里是这样工作的，我大开眼界。

矿井里的风是从上边送下去的，在矿灯的照射下，光束中满是密度极高的煤尘，一粒粒直面而来，往眼睛里、耳朵里、嘴里、鼻子里钻，无法躲避。矿井下空气稀薄，呆久了，会让人感到憋闷燥热，衣服也很快被汗水浸湿，但是想到矿工们在这个地方日复一日地劳作，我们暂时的身体不适又算得了什么。

之前印象中的矿工就是辛苦劳累，而眼前的他们，让我感受到的是如矿石般的坚韧。他们没有因为机器的轰鸣而烦躁，没有因为随时可能出现的危险而畏惧。他们仿佛和周围融为了一体，肌肤虽已像煤一样黑褐，但眼睛犹如星星一样明亮。看到我们时，他们笑着跟我们打招呼，露出的牙齿宛若白玉般洁白。实际上，矿井并不像想象中那般漆黑，盏盏矿灯犹如天上的星星般闪烁，矿工们在一片星光下辛勤地开垦煤田。

十几个小时拍摄结束，我们从矿井下上来时，除了眼白和牙齿是白的，外露的皮肤全都是黑的。由于矿井里阴冷潮湿，我们身上都起了大片红红的湿疹子，幸而洗好澡后，过了半天，疹子就退下去了。

有一个细节印象很深，我们刚上来时，一些矿工妻子就围着我们，问：下面是什么样的？坐罐笼下去是什么感受？里面安不安全？问得非常仔

1984年夏，大学二年级19岁的我利用暑假拍摄了我的第一部作品——电视剧《金银湾》，这张照片也是我人生中第一张剧照。

细。因为她们不允许下矿。平时，我们剧组人员就住在矿上的招待所里，与她们都很熟悉了。从她们急切的询问中，我们真切地感受到了她们对丈夫的担忧与关心。

如同矿工的劳累常人难以想象一样，演员的辛苦也是圈外人难以想象的。不少人会认为，拍戏是件很有趣的事情，轻轻松松就完成了。其实演员若吃不了苦，是无法很好地把戏扛下来的。我的第一部戏就让我感受到了这个职业真正的艰辛。事实上，下矿井还只是第一个“关卡”，更大的磨难还在后面。

那时，我只身进剧组，年纪还小，并不知道早上一定要吃得饱饱的才能去拍戏。一天，由于起得早，我饿着肚子在坑道边上拍了一场淋雨的戏。大概拍到十点多，我才有空坐下来吃早饭，也许之前淋了雨吹了风或者可能是早饭里有不干净的东西，我闹肚子了。到了下午，拍山西晋祠的一场戏。大夏天，我站在火辣辣的太阳底下演戏，人仿佛都被灼烧着，浑身滚烫，其实那时我已经高烧了，但我已经入戏根本没意识到，还在坚持拍戏。直到回到组里以后，我才发现自己发烧了，以为是感冒，延误了一个晚上，第二天再到医院时，病情加重了，最后查出来得的是痢疾，最后转到了传染病医院。

在医院，我一躺就躺了半个月，剧组人员都回家了，只有一个在剧中演小孩的女孩陪着我。旁边病床上的病友轻声叹息：小姑娘年纪轻轻，大老远地跑来遭罪，身边连个亲人都没有，何苦呢。

何苦，我并没有考虑过这个问题。因为真心地喜欢演戏，所以未曾因生病而后悔接拍这部戏，也没有哀叹自己运气不佳、“出师不利”。我后

毕业了！我和同班好友李芸，照片拍摄于朱辛庄北京电影学院大门前。

悔的是，仗着自己年轻和从小打下的良好身体素质，没有注意生活细节。更多的是愧疚，这是太原电视台投拍的第一部戏，很重视，但整个剧组却因为我的生病而停拍了半个月。

孤零零地躺着，内心肯定也是孤寂的。拍戏时的生活就像一根皮筋，紧绷着，总觉得时间不够用，忽然，啪的一下，松了，时光徒然慢了下来，慢得我不再看钟表，只是根据窗外斜射进来的阳光算着时间的脚步。这时多想爸妈就在身旁，像往常一样轻声细语地跟我谈天。但想到他们会担忧，会千里迢迢从上海赶来，太劳累，我决定不告诉他们。不过，思念也是一种力量，躺在床上，我重温了儿时的记忆，那里有爸爸妈妈无微不至的关怀以及潜移默化式的教诲，在他们浓稠的爱的浸润下，养成了我从小独立、坚强的个性。

待我病好了再去剧组拍摄时，整个人还是很虚的，走路是飘的，像踩在棉花上一样。导演金淑琪、主摄影曾念平都很照顾我，给予我充分的信任，给了我很多帮助。那个时候，大家拍戏真的非常认真，一部上下集的电视剧拍了 80 多天，相当于拍一部电影。

记得拍完后回到学校那天，我老远看到近三个月没见的同学，兴奋地向她们连连挥手、大声招呼。不料，同学面面相觑地问：“谁呀？谁呀？”我高声喊道：“是我呀，晓频啊！”待走近了，她们惊讶地说：“原来是你呀，晓频，你怎么瘦得跟纸一样薄，头发也剪得那么短了？”我这才意识到，之前我是齐腰长发，为了拍戏剪成了短发，又因为大病一场，消瘦了许多，难怪同学一下子都认不出我了。

在学校里，我并没有向同学叹“苦经”，而是把拍戏过程中遇到的一些很新奇的事讲给他们听。一个月以后，我的身体又恢复如初。我这才在给爸爸妈妈的信中，提了一笔拍戏生病的事，还自我“炫耀”道：很快就康复了，说明我身体还是蛮“皮实”的。

现在回想起来，《金银湾》可算是我遇到的最苦的一部戏了。在演员这条长跑道上，我刚开始“起跑”时，这个职业就给了我一个大大的“下马威”，压力、病痛、疲惫、孤寂、焦虑……种种滋味让我尝了个遍，但我并没有彷徨、后悔，反而对这个行业有了更加清晰的认识，做好了更多的心理准备。

演员的自我修养与心理准备

记得大学毕业那年，日本影星高仓健、吉永小百合来中国访问。他们先去了北京电影制片厂参观，中午 11 点左右到我们学校看排练，跟师生们一起吃中饭，吃的是北方的凉拌面，气氛非常融洽，相谈甚欢。过了几日，我看到一篇报道，高仓健谈到此次访问的体会时惊讶地说，原来你们中国的演员连站位都是自己来的，你们的拍摄居然是跳拍的，很不容易。

日本电影是从第一个镜头拍到最后一个镜头，顺着来的，跟着整个剧情的发展、人物的整个情绪走的，但这样的拍摄方式很昂贵。在国内，由于各种条件的限制，剧组只能跳拍。例如，剧组看中了一个特别美的地方，计划四个礼拜以后在这里拍摄一场戏。可是对不起，对方只能现在给你两天时间，剧组就只能把后面的戏提前筹拍。所以一个好演员在开拍之前，对人物的整个演绎一定要了然于心，以便随便拍哪一场，都能很快入戏。这也是演员的功力。在学校里，我们积累了很多知识储备，但更多的经验还需要在不断的“实战”中磨炼。

1985 年春天，我出演了电影《绞索下的交易》，1985 年冬天出演了电视剧《在水一方》。1986 年，参演了电影《女儿经》等。同年，我从北京电影学院毕业后，进入上海电影制片厂工作，之后参与了鲍芝芳执

1987年，我在电影《太阳雨》中刘亚曦的造型照。

导的电影《午夜两点》的拍摄。初入银幕的头几年，我仿佛进入了一所新的大学，太多需要学习的地方，包括拍摄电影整个过程中的各种细节，都是需要去了解熟谙的。

那个年代的电影拍摄完全是用胶片，一秒钟 24 张胶片出去了，演员若总是出错重来，就意味着成本剧增。那时摄影机和演员距离的确定是靠拉皮尺的，是皮尺量出来的，所以跟焦员会很准确地告诉你，第一个位置是哪里，第二个位置是哪里，然后他会慢慢地把焦点跟过去。有时演员只顾着戏，定位就没这么准了，可能会多一步路或者少一步路。这就对演员提出了更高的要求，既要定位走得准，又要演得准。除了定位，自己的动作也要记得清清楚楚，拍一场戏时，导演一喊停，就需要把此时此刻的动作牢记，以便很好地衔接到下一场戏。那时，站位、打光也是我们演员自己来的，不像现在习惯用替身。导演还会提出，要会照顾镜头，要会自己找光。这些非常细致的方面，是当时拍电影时对演员的要求。

拍重头戏之前，往往有一个“技术掌握”的环节，导演、灯光、摄影等各个部门都会提前一天到拍摄现场商讨第二天如何拍摄。作为演员，对这个拍摄环境也要有一个特别丰富、充分的感受。哪怕是家里这么一个小小的环境，对演员都会有很大影响。那是一种很微妙的感觉——噢，这是我的家，这是我睡觉的房间，此时此刻发生了这个事情，那我可能在这个空间里做些什么。这些都是需要思考的内容。

拍戏过程中，强度大、进度赶、要求高，但整个工作氛围是特别舒服的，很艺术，让你真的感觉自己是艺术工作者。这一点在 1987 年拍摄《太阳雨》时我是深有体会的。电影《太阳雨》是珠江电影制片厂出品的，

电影《太阳雨》中我和孙淳分别饰演男女主角。

30 年前的电影《太阳雨》剧照，是我的影迷江晓云保存下来，并提供给我的，非常感谢我的影迷们。

由张泽鸣导演，讲述的是图书馆管理员刘亚曦与美术广告设计师刘亦东之间的爱恨情愁。

那时国内导演大都热衷于拍《红高粱》这类题材的电影，拍都市电影的比较少。《太阳雨》在当时是一部比较少见的都市爱情影片。片中，我演刘亚曦，孙淳演刘亦东。没有经过试戏导演就决定用我了。后来一次聊天时，张泽鸣说道，之所以选择你，是因为你的一双眼睛比较特别，眼白是蓝的，眼神当中没有尘埃，刘亚曦就是一个看她眼睛就能看出是一个单纯没有很多欲望的女孩。

为拍这个戏，我在广州呆了五个多月，住在珠影厂的招待所里。拍摄之前，有一个月的时间体验生活，因为我演的是一个图书馆管理员，所以专门去了深圳市立图书馆，熟悉整个图书馆的工作流程。起初，我不太适应广州的天气，特别潮，特别热。早上起来到珠影厂门口去买个早饭就满身是汗了，每天要冲三四次澡。不过，整个剧组高涨的工作热情让我很快忘却了天气的炎热，全身心投入到拍摄中。

做好前期准备后，在拍戏的前一天，我跟导演张泽鸣进行很多探讨。我直接问他：从导演的角度，第二天的戏希望达到什么样的高度，什么样的氛围，希望刘亚曦是一个什么样的状态？当然，我也会提出自己的看法。导演并不希望演员特别死板地完成拍摄，而是希望自己的演员特别有创造力。所以，这也养成了我的一个习惯：在开拍前心里一直在思考，走路的时候想，吃饭的时候想，坐在车上时想，听音乐时想，看一篇文章时想。其实电影里台词并不多，早就背得滚瓜烂熟。那么，想什么呢？我就是在想，可能有一个比原来的更好一点的方案。我一直保持着开放型的思维，希望自己能不断打开思路。哪怕我已经在现场，哪怕已经拍

1987 年夏，第一次随中国电影代表团出访，这是我和新疆演员阿依古丽，照片拍摄于新加坡。

完一条，如果再拍第二条时，有更好的灵感突然出现的时候，我不会拘泥于原来的设想，会演得有所不同，力图能更生动、形象，给导演更多选择的余地。

有意思的是，拍下来，通常第一条是最好的。我曾看到好莱坞演员斯特里普在访谈中提到，她特别重视第一条，因为第一条完全是靠一种最本能、最真实、最自然的东西在演，这时人物可能就在你身上。但是，在演员最本色的时候，要在那一个特别重要的点上冒出火花而恰到好处，演员与角色之间融为一体、浑然天成，是非常难的。导演会告诉你一些技巧，但最终只有靠演员自己去摸索、感悟。

其实表演就像一部协奏曲，有高音、中音、低音各个声部，时而高昂，时而低沉，这样才有旋律感，声音才悦耳动听。有些乐曲，基调就是激昂的或者是柔美的，整个曲调就需要统一。电影表演也是如此，不能全都是激情，需要有铺垫，有起伏，才能让观众有喘息、思考的空间。有些戏基本是一种很平淡的状态，表演时就不允许提高一个 8 度，或多一点表情。这些“度”的把控，非常微妙，需要演员对人物吃得很深很透，尤其在节骨眼上的点要拿捏得很准，才能特别打动观众。

有一次，我读好莱坞演员英格丽·褒曼的传记时，其中有一段让我印象深刻。她讲拍《战地钟声》时，第一天，她跟加里·库珀两人对了一会词，然后开始拍了。英格丽·褒曼感到奇怪，加里·库珀怎么还在用平时说话时很生活化的状态在演啊，不应该换到演的那个状态吗？后来她发现，加里·库珀很有想法，他其实在平时的生活中已经让自己进入人物的状态了，尽可能地让人物长在自己身上。因此，等样片出来，英格丽·褒曼就发现，加里·库珀的表演是那么的精准，而自己的表演痕迹则多了点。

没有任何捷径，再有天赋的演员，也都需要在之前做好功课，胸有成竹。不过，最充分的准备并非是多高超的表演技巧，而是把自己全然融入人物中，只有这样才能抓住最恰当的时刻，让自己所有的思考与灵感喷薄而出，自然流淌。在拍《太阳雨》的时候，我也体会到了这种融为一体、水到渠成的感觉。

有一天晚上的一场夜戏，拍了整整一个通宵，刘亚曦与刘亦东之间处于闹过矛盾还没有和解的状态。戏是在深圳的一条老街上一条窄巷里面拍。导演选择在这里拍是有寓意的，两个人一边交谈一边走出巷子，如同走出了情感上的瓶颈。一开始呢，我觉得刘亚曦当时心里有一些难过，想要演得浓烈一点，后来跟导演商量一下后，觉得不用浓烈，否则不符合整个戏比较平实的基调。然后我跟孙淳约定，拍摄的时候，不完全按照排练时演，随心而动，什么样的变化都可以。导演说正式开拍后，我就真真切切地把自己放在刘亚曦的状态里，不是去演她，而是这一两分钟真正是她，把自己变成她。后来样片出来，那段戏演得挺微妙的，流淌出很多细腻的情感。

还有一场算命的戏，我们正在一家饭店喝早茶，忽然来了一个算命先生，很瘦，拿着把扇子，笑眯眯地过来跟我说，你这个脑门长得好啊，天庭饱满，然后开始神神叨叨地说起我的面相。剧组请的是当地一位唱广东粤剧的老先生来扮演的，说话特别平实、生活，我就自然而然地进入了刘亚曦的状态，根据老先生的话，自然地做出反应，完完全全当这个事情正在发生。事后发现，进入状态后，任何设计都是多余的。

那段时间，每天拍戏，几乎没有时间休息，很累。拍电影时，大家都睡得早起得早。有时因为要赶朝霞的景，5点多就得起床。我也很喜欢早起，这样一天人都会神清气爽。同寝室的演员没有戏的时候，就回去睡觉或者逛街，看着室友买这买那，我只能羡慕地看看，我没有时间也没有精力兼顾其他。拍戏的时候，我喜欢沉浸在特别特别专注的状态中。

因出演《太阳雨》，我荣获了第一届上海大学生电影节“学士奖”的最佳女演员。这给了我很大的鼓励，不过我觉得艺术上最大的收获是：学会忘掉了“自己”，全身心地投入。虽然我还是没有学会去看镜头、看光，还是无暇思考：机器在哪里，哪个角度的我拍出来是最好看的。也许有些演员能分出10%精力去关注，但我不行，一旦分神了，这10%可能就变成60%，甚至可能变成80%。镜头就跟人的眼睛一样，有时候比人的眼睛还要厉害。那个时候的银幕，一个特写是原来那张脸的250倍，也意味着能把虚假的瑕疵放大250倍。因此，演戏时，我把所有的注意力都放在戏上，心想着，我就是这样一个形象了，听凭导演、摄影拍吧。我认为，演员要忘掉“自己”，若忘不掉“自己”的话，你成为“她”的那一部分就少了。演员要真正地爱上要演的人物，需要特别舍得把自己交出去，毫无保留地交给“她”。真实是第一位的，“真”其实能弥补一切，可能拍出来的你容貌上没有那么美，但如果你特别逼真，特别真挚，观众就会特别相信你塑造的这个人。

第五篇章

角色给我力量与启迪

由于拍戏，生活中无比熟悉的事物会不经意地展露出陌生的另一面，让我惊喜。这样的惊喜时有发生，点点滴滴汇成一段段美妙记忆。当然更美好的是，很多角色是会让自己成长的，包括角色所经历的种种苦难，能给演员带来很多力量以及人生的启迪。这就是这个职业的最大魅力吧。

《北京人在纽约》，一个新的转机

1989 年，新婚后不久，我随丈夫曾海赴美国陪读了。周边不少朋友替我惋惜，觉得那个时候我正处于演艺事业的上升期，这一去可能就难回影视界了。可是我并没有犹豫。对于那时 25 岁的我而言，家庭生活本身也很重要。而且当时国内开始涌现大量的商业片，我不想妥协去演，不愿被商业裹挟。

到了美国后，我们住在先生就读学校的学生公寓，生活过得很平稳，风平浪静。我一边读书，一边在当地一家华语电视台做节目主持。我喜欢这份新工作，每天要直播大量的新内容，借此我不断拓展眼界，也大大锻炼了语言表达的能力。

大约过了两年，1992 年，导演郑晓龙、冯小刚率领着北京电视艺术中心的一批精兵强将来到纽约拍摄《北京人在纽约》，备受关注。这是第一部全程在国外取景的电视剧。姜文、马晓晴等主创人员，我都很熟悉，我便以采访的名义去剧组探班。大家看见我都很高兴，围着我聊天，其中负责服装的相红辉兴奋地说："赶紧跟晓龙导演说，严晓频在这，见一见她，我怎么觉得她这么合适呢？"这让我有点懵："合适什么？"进一步聊天后，我才知道，这个组出了点状况，电视剧马上要开拍了，但女一号郭燕的演员还没有定下来。后来晓龙导演也过来了，我俩虽然不熟，但相互知晓。他也觉得我的形象和气质跟郭燕很贴，就邀请我加入。

当时我并没有看过原著小说，就问姜文："你认为我适合演那个角色吗？"姜文很认真地点头说："我觉得你特合适。"

组里很认真地给我试了个妆，没有经过试戏，两天后他们就接我去了剧组，在长岛的一幢别墅里，楼上楼下很宽敞。由于经费紧张，剧组大部分人都住在这里，就像大家庭一样。有时我们会叫中餐馆里的外卖；有时会去中国城金门超市买蔬菜买肉回来自己做饭；有时我跟王姬买回一些熟食就放在房间窗外原本放花的木头盒子里，冬天外面非常冷，这个盒子就成了一个天然的小冰柜。我和王姬住一个房间，在别墅的顶头，姜文住在另一头，中间有一个长廊。每次讨论剧本的时候，大家会开玩笑地问："今天是去'姜办'谈，还是去'王办'谈呀？"

四个半月就要拍完二十集，拍摄进程非常紧张，每天拍摄量很大。快节奏让我有些担忧，姜文安慰我说："晓频，你一点都不要担心，开始乱，中间也乱，乱到最后，还是有点乱。但我告诉你，剪出来会很好。"姜文就是这样一个很感性也很真实的人，他的感觉总是很准。

很快，我的包袱就卸了下来，不再给自己增加压力。我想，导演既然选了我，肯定是认为我和人物贴得挺近。我自己感觉到，我跟郭艳身上最贴近的地方，是一种书卷气，她之前是学中医的。我慢慢领悟到，拍电影就是这样，肯定会去选最合适的人，如果被选上，哪怕你可能什么都不演，你就已经是"她"了，若拼命在那里演，反而过了，就不是"她"了。所以为什么拍电影很讲究现场气氛，要轻松，在松弛的状态下，才有可能冒出灵感的火花。

当然，松弛中还得"用心"。有了成为"她"的潜质和优势，但要一直

1986 年，我和我的丈夫曾海。

是“她”，还得竭尽全力。以我的经验而言，台词的滚瓜烂熟是必须的，写很多的人物分析、人物小传也是有益的，但终究还只是纸上谈兵，更重要的是在吃透人物的基础上，把自己融入环境里。我一直很注重每天到现场时的感觉，感受人物，感受当天要拍的戏，放下自我，去真实感受当时的空间、环境，找准当时人物的状态。

剧中，王启明原是北京某乐团的大提琴手，妻子郭燕是学中医的，夫妻俩怀揣着梦想远渡重洋前往美国，却突然被残酷的现实从云端踹到了窘迫生活的泥潭。在梦想已久的国度里，夫妻俩变得几乎一无所有，只能挤在一处贫民区的地下室，之前所学也毫无用武之地，只能被迫重头开始，时刻面临着非常严峻的生存问题。生活的落差、身份的落差导致的无奈、彷徨、失落，全然包裹住了他俩，但这种波涛汹涌的复杂情绪，根本无法用语言来表达。于是，在拍一场织机厂的戏时，我把这种百感交集揉入到织衣服时的动作中，达到了“无声胜有声”的效果。这是现场环境给予我的创作灵感。

姜文是一个很有天赋、很有才华的演员。在跟姜文的对手戏中，我们也是相互刺激，产生很多即兴的火花。比如有一场戏，王启明和郭燕喝着酒，想象着将来成功的生活。姜文随性说了一些感想，我也很自然地接话。虽然之前没有排练过，但拍出来的效果却很好。在拍郭燕离婚后独自一人喝醉酒的戏时，恰巧那天是圣诞节，几乎所有的店都关门，只有酒吧开着，剧组人员给我买来了红酒。表演有时是需要外部驱动力的。酒如同给我加了马达的力量，使我的即兴表演特别真实，那场戏也给我自己留下了深刻的记忆，每每回想又像是回到了当时。电影中的戏是可以排练的，但是是有限的，如果排到最后成了一个固有的模式，就会缺少生动感。

1992 年，《北京人在纽约》剧照，我（郭燕）和姜文（王启明）。

还有一场戏，王启明和郭燕离了婚，很久没联系，为了女儿宁宁的事情，又到酒吧见面。谈事情时，情绪激动的王启明就在那拼命喝水，郭燕气得不行，站起来就要走——这一段戏需要演得特别浓，浅了，就不到位了。姜文建议道："这个时候，你可以用手指着我说。"因为我本人性格是比较温和的，临场反应时，手指没有指得很强硬。后来看片子，发现倒是恰到好处的，符合人物个性，如果再厉害一点，这个人物就变得太厉害、凶猛。郭燕把手指伸出来，对她而言本身就是一个很大的突破。这里就有一个分寸的问题。

分寸感的把控，跟演员对表演现场的感受能力、对人物理解的深刻程度息息相关。尤其在激情戏时，如何克制住情感的泛滥，且一步到位、入木三分，并非易事。记得有一场戏，"我"在地下室给宁宁写信。那个镜头拍得特别特别长。一开始写信时，我是比较平静的，写着写着，触动内心的那些伤心事，悲伤的情绪涌上心头，眼眶开始湿润，渐渐地眼泪就情不自禁地充满眼眶。为了平复内心的伤痛，"我"抬头望向"窗口"。那其实只是地下室接连外面的通风口，那里有一条特别长的光影，渐渐从明到暗。之前准备这场戏时，我想过，不能一上来就泪流满面，这样接下去戏的高潮就上不去了，但具体何时落泪，我并没有理性地设定。我只是把自己变成了郭燕，真的相信自己今天就坐在这里给女儿写信，情到之处，饱含情绪的泪水就自然地流淌出来了。

很多时候，我把自己设身处地放入戏中，灵感就来了，但是也会碰到不遂心意的时候。有合作过的年轻演员问我：如果一时进入不了状态，总是演不准，怎么办？我以为，就算这样的时刻，也别着急。因为人不是一架机器，而是一个特别的生命体，有时候神经的敏感度会忽快忽慢，

1997 年冬，上海东方电视台来美国拍摄专题片，东方卫视主持人袁鸣、歌唱家黄英、我和曾海合影。

你要允许自己有这种变化，变化的出现也并非是不好的。就在这个节奏上等一等，松弛地用心地去感受。

一个成熟演员往往会行思坐想，不时冒出新的灵感。一个优秀的剧组也是如此，不会希望演员的表演都是四平八稳的，会允许并鼓励新的想法的产生。虽然时间紧迫，但是为了电视剧的质量，时常是一个方案拍出来觉得不完美，马上修改方案重拍，剧组也曾有三天时间停机，导演、演员、摄影、灯光等各个部门的人员聚在一起改本子。遇到瓶颈的时候，我们还会去影像店借一些经典影片的录像带回来，如《美国往事》《教父》等，大家一起观摩借鉴，一起找感觉，看看有什么好的地方可以用到我们的戏里。

通宵达旦、废寝忘食，时常见到浓浓的夜色和刚露鱼肚白的天空，这是那段时间我们生活的常态。身体是极其疲惫的，拍到后两个月时，每天几乎就睡四五个小时，我天天把二十集本子都装在包里，常常是离开现场的时候，通告才出来，我就利用回住地的车上的时间准备第二天的戏。拍摄这几个月之所以能支撑下去，靠的是精神上的愉悦。我很怀念当时的拍摄氛围，外面是冰天雪地，但是房间里永远是谈笑风生、和煦如春，拍摄现场的创作氛围总是很浓郁，大家都想尽办法把更好的点子拿出来。

现在影视界，不少人把拍戏、演戏称为“行活”。在我的“字典”里是没有这个词的。我想，一个职业演员，若有远大理想的话，是不会用“行活”的标准的。一部影视作品，不只是拍出来的，更是磨出来的。演员要想在这条道路上走得长远的话，需要在喧嚣的社会中让自己静下来，有时还要慢下来，这样才能找准未来的方向。当年正是因为我选择暂时离开，沉淀一下，去了纽约，才有机会遇到《北京人在纽约》剧组，给我带来了一个新的转机。

拍《孽债》时的“神来之笔”

《北京人在纽约》播出后，很火爆，我也接到了国内不少电影、电视剧的邀约，其中有一些好剧本又勾起了我创作的欲望。在曾海的支持下，我决定国内、美国两边跑，尽量做到演戏与家庭兼顾。

1994 年，我接拍了著名导演黄蜀芹执导的知青题材电视剧《孽债》，共 20 集，根据作家叶辛的同名小说改编。讲述了五个孩子从西双版纳到上海寻找自己亲生父母、多年前返回上海的知青的经历。赵有亮饰沈若尘，我演沈若尘回沪后的妻子梅云清。

黄导，我之前就熟悉，她是一个很有才华的女导演，还非常用功。1988 年，我第一次去欧洲参加影展就是和黄导一起，她在飞机上时一直在写东西，记下当时的感受。黄导那时候也非常前卫，在西德，她带着我去了当地的酒吧，在那里，我第一次见到朋克甚至同性恋者。最新奇的是，酒吧里有个女孩，把她的长头发挽成筒状，里面居然养着她的宠物老鼠。当时我觉得太不可思议了，这个世界真是无奇不有。黄导对新鲜事物的那种好奇，让我印象深刻。因为我也是一个好奇心很强的人，我甚至希望自己能够一生都保有对事物和这个世界的好奇心。

因此几年后，接到黄导的邀请并得知是反映上海题材的情感剧时，我欣然答应。记忆犹新的是，进组的第一天，组里就通知说，明天拍重场戏。

我问黄导："为什么呢？"黄导解释道："一开始就拍重场戏，你们就会拿出百分之百的精神，特别想完成好。一旦重场戏演好了、演准了，后面的戏就会水到渠成。"听了后，我觉得她讲得很有道理。

第一场戏就是沈若尘向梅云清坦白：下乡当知青时有过老婆，现在女儿又找过来了。拍戏前，黄导说，这是一场挺长的戏，你们想个生活中的动作吧，在动作里头完成一次交谈。考虑了一下，我想到了织毛衣，这是当时上海人日常生活中很常见的事，动作可以非常丰富。

正式开拍时，"我"靠在床上织起毛衣，线不够了，沈若尘过来帮我绷毛线，本是平淡和睦的氛围，忽然沈若尘的一个坦白，让"我"震惊。"啪"的一声，我怀里的毛线球掉在地上，滚了开去，沿途滚落的毛线杂乱无序，恰如"我"当时的心境。毛线球的掉落，完全是"神来之笔"，之前并没有设计过。赵有亮老师表演经验非常丰富，他接过了这"神来之笔"，随性地"写"下去——立马站起来，想去帮"我"捡毛线球。"不许捡！""我"立刻喊道，音调虽不高，但带着怒气与委屈，心想着："我"的东西掉地上了，你现在想赶快讨好"我"？——我的这个反应也是即兴的。这样的一个消息，对于这个家庭来说，如同一枚炸弹，虽然没有立刻爆发口角之争，但是借助一个毛线球的掉落，两人的心理变化以及即将迎来的暴风雨，已经彰显无疑。"唉呀，这个毛线球掉得好！掉得太妙了！"黄导看到这段即兴表演，既高兴又兴奋，觉得有了这样的一个意外，整场戏既生动又独特。

一些人以为"有戏"就是台词要说得精彩、动作要抓人，其实这都是外在的，真正的"戏"往往滋生于一个不经意的、生活化的言行举止间。记得后来跟孙红雷合作《走过幸福》时，孙红雷感慨着对我说："我特别欣赏上海的一些老演员。你看，像陈述老师在《渡江侦察记》中扮演的敌情报处处长，有一个摘白手套的动作，一边说话一边慢悠悠地一个手指一个手指地摘，这就是戏啊，太牛了！”人物此时此刻的一个动作、节奏，其实就是人物内心的一个节奏，演员借用一个外在的方式来表现，观众是完全能心领神会的。

在拍《孽债》时，我跟赵老师也设计了不少生活化的动作，比如晾衣服。上海人家里头都是要晾衣服的。由于沈若尘家是老公房，房间很小，所以拍摄现场也非常局促。在“家”里头，我们只能先把衣服搭在椅背上，再一件件晾到竹竿上，最后把竹竿伸到窗外。在这些很生活化的细节中，“我”和沈若尘进行了一次又一次的交谈，既有上海生活气息，也很出彩，让观众觉得很有味道。

《孽债》还有一个独特的地方是，全程用上海话拍的。对演员来说，方言能给人带来更松弛的感觉。老百姓也特别喜欢看。《孽债》上海话版本在上海电视台一经播出，创下了42.62%的超高收视率。后来在全国播放时，又配了一个普通话版本。

拍《孽债》时的“神来之笔”，更让我感受到，演员是需要非常热爱生活的，要善于观察生活、体验生活。有时候走在马路上就能看到一幕幕生活的缩影：比如夫妻二人的交流，有温馨的、有不温馨的，还有在生气的；再比如，一家子出游，有大有小，每个人的状态都是不一样的，包括南方人和北方人的生活状态也各有不同。所以做演员，首先要做有心人，要做一个爱观察的人，观察人是极有意思的，在那样的时刻才会发现最精彩的东西往往来自生活，要不断在生活中积累素材。如果我不熟悉织毛衣、不了解老公房里晾衣服的方式，就不可能想到这些动作，

不可能巧妙地“拿来”，自然地化于表演中。

在不同剧组中，我碰到一些年轻演员，戏里需要她们缝衣服，可是她们都不太会。我就告诉她们，赶紧去学啊，找几颗扣子学着缝一下，很简单的。到了拍戏时，也并不是埋头缝，简单地去完成这个动作，而是把这个动作变成戏的一部分。心情很好时飞针走线的节奏和有心事时缝不下去的节奏，是不一样的。手上的动作就是心理变化的节奏，适时出现的一个停顿，就能衍生出“戏”来，这才是真正的表演。

第一代空姐——陶素兰。

年龄跨度最大的“陶素兰”

在我所塑造的各种角色中，《天娇》中的陶素兰是年龄跨度最大的，从二十几岁一直演到七十多岁。2001 年，我参与了电视剧《天娇》的拍摄，由王冀邢导演执导，讲中国三代空姐的故事。我演第一代空姐陶素兰。

之前我说过，做演员需要特别舍得把自己交出去。这听上去似乎很容易，但如果是在非常艰苦的条件下，一晃神、一犹豫的时候，就可能有所保留了，就演不到那个份上了。因此，一个合格的演员是必须愿意为你的角色吃苦的。

拍陶素兰年轻的时候，有一段戏是在上海的湖南别墅中拍的。由于场租特别贵，组里时间上卡得很紧，从早到晚，不分昼夜地拍，主创人员大都连续 48 小时不睡觉。作为主演，我根本没法休息，几乎每一场戏、每一个镜头都有我。那几天拍的是在陶素兰丈夫家里的戏，陶的情绪一直处于很激动的状态中。戏的背景是新中国成立前，已经有了一对双胞胎女儿的陶素兰，并不满足于大户人家少奶奶的生活，偷偷报考了航空公司，后来被破格录用，但她因此被迫脱离家庭……

记得那几天，只要导演一喊停，我强打起的精神就松下来，疲劳困意立刻就来了，整个人都软绵绵、轻飘飘的。剧组在拼命地拍，如同马不停蹄的急行军。但我很怕“号角”再次吹响的时候，我这个担当重任的“前

电视剧《天娇》剧照，这时的陶素兰还是一位衣食无忧的少奶奶。

《天娇》剧照，老年时的陶素兰。

锋”已力不从心，导致功亏一篑。于是，我诚恳地对导演说：“你真的要让我休息一下，拍，我是能拍的，但是我不满意，因为我状态欠佳。”导演思索了片刻，同意让我去睡了一会儿。

终于熬过了站着都要睡着的拍摄阶段，但紧接着，新的挑战又来了。陶素兰是第一代空姐，因此需要拍一段 20 世纪 50 年代老飞机的场景。有一段戏，是在北京昌平小汤山那边的航空博物馆拍的。当时北京零下十七八度，我们需要换上戏服——国民党的军服。男演员穿着羊皮的飞行服，里面可以加厚毛衣，还有一双大靴子，可是女演员只有一条短裙，一双玻璃丝袜，一双高跟鞋。寒风肆无忌惮、气势汹汹地袭来，我手脚麻木，毫无抵御之力，只能打“心理战术”，和另外一个女演员茹萍两个人互相加油。

那时，作为协拍方的中国民航派了一辆大型旅游车给剧组人员休息，车里一直开着暖气。一场戏结束，我们马上回到车里坐坐。我爸爸担心我冷，之前把他的厚羽绒服给了我。休息时，我里面穿一件自己的羽绒服，外面再加一件爸爸的。两件羽绒服穿着，吹着暖气，才缓过点劲，可是过了一会儿，又要下车去拍了。回宾馆后，我赶紧洗热水澡，把水开得特别烫，试图把身上的寒气都冲洗掉。幸好因为比较注意，一个多礼拜，在天寒地冻中拍摄也没患上感冒。

虽然拍摄非常艰苦，但是整个剧组像个大家庭一样融洽，非常开心。拍完戏后，晚上剧组经常会一起去吃涮羊肉。导演的太太汤溪也跟我们在一起，她疼惜着对我们几个女演员说：“天真是冷啊，你们真是辛苦。”转而，她又惊喜地说：“唉呀，你别说，晓频的脸冻成了粉红色，拍出来还挺好看的，不是吗？”大家都应和着，我也笑了起来。也许这是经

《天娇》剧照，我（陶素兰）和方杰（张光北）。

历磨砺时上天给我的一份意外礼物吧！

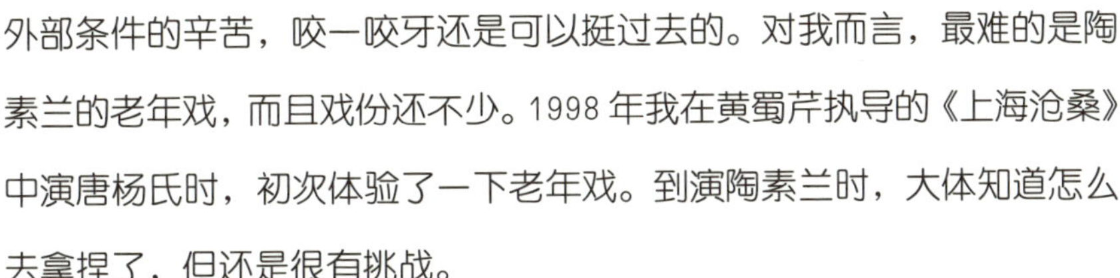

外部条件的辛苦，咬一咬牙还是可以挺过去的。对我而言，最难的是陶素兰的老年戏，而且戏份还不少。1998 年我在黄蜀芹执导的《上海沧桑》中演唐杨氏时，初次体验了一下老年戏。到演陶素兰时，大体知道怎么去拿捏了，但还是很有挑战。

组里化妆师王万斌给我织白发头套前，问我：“你要百分之多少的白？”通常 50% 就已经很白了，一般最多是 60%。我毫不犹豫地答道：“我要 60%。”化妆师又问我：“确定吗？”我果断地答道：“确定。”头套是根据我的头型现织的，是用真发一根根勾出来的，很费心力。

大约八九天后，头套织好了，戴上去很贴，老妆也很逼真。有一次在房间里，化完妆后等待出发，因为等得时间有点长，我都有些恍惚了，站在桌子前理东西时，猛一抬头，忽然看见镜子里有一个老人，心中立刻冒出一个问号：“哟，这是谁啊？”这是特别短暂的一个感觉，半秒钟后，我马上就意识到是化了妆的自己。

妆容是能乱真了，但我的体态还是太显年轻。组里的服装师很有经验，提议穿胖袄。剧组就给我做了个胖袄，像橄榄球运动员的外套一样。可是穿上胖袄后，腿又显得太细太直了，于是就加裤子，一直加到第七条裤子，才显得臃肿了，我才找到了感觉。穿得厚重，腿便不那么灵活，走路自然而然拖着走了，步伐也沉重了。

在开拍前，我也做了很多准备，有时会去观察路上老人的步态，他们的身体往往会倾斜，因为腿上的着力点不一样，他们回头转身都比较缓慢。

我还留意到，在商店里，他们看商品的时间会比较久，看得很仔细。倒不是因为戏里也有买东西的戏，我是去揣摩老人的神态，然后再把这种很微妙的感觉用到戏里去，用到陶素兰的生活状态中。

印象很深的是，导演王冀邢说过：“晓频的妆，我是满意的，状态也是满意的，但最担心的就是眼神。”老人的眼神得虚着一点，含着一点，这就非常考验演员的控制力。一般，演员要年纪大一点才有能力去驾驭。对于当时的我而言，一个特写镜头上来，往往不敢演，怕把握得不准确，就变成“演”了，但影视剧又不允许你“演”，讲究的是“你就是”，你得是那个状态。

为了精准地把握住老人的感觉，我跟导演讲：“开拍时，如果你觉得稍稍不对了，没那么准确了，赶紧告诉我，一点也不要客气。”一部好戏的诞生必然是团体作战的结果。一个演员要靠自己单枪匹马地完成好任务是很困难的。就像演老年陶素兰时，我已经使劲地躹着背了，但是由于自身长得比较单薄，体态上始终无法像老人，最后是造型、服装这些外部的东西帮助了我完成了老人“形”的塑造，是导演等剧组人员的时刻提醒，让我更精准地把握住老人“神”的呈现。所以，演员要一直保持一颗谦虚的心，善于寻找外部力量来帮助自己。

时间、精力乃至外貌，要完成好一个角色，必须毫无保留地把自己交给“她”，真的肯豁出去为角色吃苦，只有使出了200%的劲，才有可能100%地完成演出。演员这个职业真的很辛苦，因此很多老一辈的演员都不愿意自己的子女步他们后尘。

那么，也许有人会问，既然那么辛苦，你为何还不断地拍戏呢？因为当真正热爱这个职业的时候，是能够在苦涩中享受到甘甜的。《天娇》里，有一场戏需要一大早去外滩拍朝霞，整个摄制组凌晨三点多就出发了，延安路高架上只有我们剧组的车队。平时车水马龙、喧闹的高架路此时变得宁静、空荡，生活中无比熟悉的事物就那么不经意地展露出陌生的另一面，让我惊喜。由于拍戏，这样的惊喜时而发生，点点滴滴汇成一段段美妙记忆。当然更美好的是，很多角色是会让自己成长的，包括角色所经历的种种苦难，能给演员带来很多力量以及人生的启迪。这就是这个职业的最大魅力吧。

第六篇章

我的生活，我的家庭

回顾之前我走过的人生路，一直是简单地拍戏、简单地生活，却也在平淡中收获了很多意外的惊喜。拍了三十年的戏，饰演的各种人物让我体验了各种人生，也仿佛拓展了我人生的宽度。

文学著作是最好的表演教科书

拍戏时，镜头一旦打开，演员就要瞬间变成剧中的“她”，而且是不同年代、不同地域、不同性格或不同年龄段的“她”，这就要求演员像一本生活的百科全书。离自己比较近的角色，就要善于利用自己的生活积淀；离自己比较远的角色，就要去观察生活、积累素材“为我所用”；那么如果是离现实生活都很远，无法直接借鉴呢？我的经验是：看书。

苏轼说：“腹有诗书气自华，读书万卷始通神。”对于演员而言，读书，尤其是读文学名著，不仅能增加气质、素养，我甚至认为：文学著作是最好的表演教科书。

在北京电影学院上学的时候，老师就教导我们要多看名著。只是那时年少，虽然读了很多书，但真正读懂字里行间的内蕴的能力还是差了一些。这几年，我又开始重读名著，仿佛是第一次读似的，特别有新鲜感，而且随着生活阅历的增加，很多之前阅读时容易疏忽的细节、暗含的精巧构思都浮了上来，呈现出巨大的魅力。

《巴黎圣母院》开场对司法宫大厅和市民的描述；《安娜·卡列尼娜》中，列文作为农场主与农场里面长工的交往，包括他站在雪地里吻空气中的气味的描述；《战争与和平》里尼古拉踩上马蹬子的那一个霎那的感觉……作家们发挥极丰富的想象力，将所有的感官都打开，极其细腻生动地展现了环境、动作后面的人物内心感受。哪怕一个极小的细节，作家都可能考虑过五六种写法，为之呕心沥血，才最终落笔呈现出这样的描述，这是很了不起的。这些思想的结晶对演员来说，都是非常好的表演提示。

《红与黑》展现了作家司汤达卓越的心理描写，将“性格分裂”的主人公于连的思想感情的起伏、内心的矛盾变化，跃然于纸上，而且他的笔下，人物的特定心理状态是和人物的特定环境和处境联系在一起的。一个演员若想驾驭人物波折的心理轨迹，完全可以向《红与黑》取经。陀思妥耶夫斯基《罪与罚》中，主人公拉斯柯尼科夫是一个很忧郁、很感伤的人，具有双重人格。如果演员要演这样一个独特复杂的人，就可以去看这本书。对于这些人物的塑造，作家们都经过苦思冥想，会既感性地“化身”为他们所热爱的笔下的主人公，想“他”所想，为“他”所为；又理性地从作家的角度把控整个故事的发展脉络。大作家们之于人物，既浸入又超脱，对人物的命运以及内心世界既宏观又微观地驾驭，这种本领很值得演员学习。

《战争与和平》中第三卷，因缘际会之下，在战争爆发之时，娜塔莎见到受了重伤的安德烈时，她为之前的悔婚后悔了。娜塔莎发现自己其实是挺爱他的，觉得自己对不起他，而安德烈对她也依然有感情……文中描写细致之极，我被感动得泪如雨下。那天我正在拍《亲亲阿伦河》，得闲时就拿出了随身携带的《战争与和平》。我一边落着泪看书，一边心想着：“这时候千万别叫我去现场啊！”

阅读名著时，我深切地发现：时光荏苒如白驹过隙，尽管千年、百年过去了，但社会中本质的东西、人的本性，人与人之间的情感纠葛依然是那么相通。

这时我才真正明白，为何学校里老师反复告诫我们，一定要多读名著。尤其是遇到改编自文学作品的影视剧，阅读原著就更为重要。像1987版《红楼梦》的成功，就在于剧组用了一年时间做了充分的准备，不仅让演员读熟原著，还把红学家请来给演员们上课，告诉他们要完成的是怎样性格的人物，当时的大环境是什么，人物和人物间有怎样的联系……这些工作是塑造好人物的前提条件，如果演员太年轻，还无法自己参透，一个优秀的剧组就会找专家来辅助，进行细致的讲解。

生活中，除了文学名著，我还喜欢阅读传记，尤其是演员的传记。

玛丽莲·梦露在书中说过，其实整部电影只需要一滴眼泪，就在那个最高点上。这句话让我印象深刻。也许他们拍戏时比我们现在还要严谨，但其中的节制是很有道理的。月盈则亏，水满则溢。通过很多戏的拍摄，我也感受到：在一部电影里面，眼泪是不能经常哗哗流的，眼泪是很珍贵的，尤其是在激情戏的时候，要在那个最需要的时刻流下眼泪，有时可能只需要一滴。

我很喜欢朱迪·丹奇、海伦·米伦、梅丽尔·斯特里普这样的女演员，她们到了六七十岁还非常有活力、有魅力，依然活跃在银幕上。梅丽尔·斯特里普曾说过，我四十多岁的时候以为可能接下去没什么戏演了，没想到后面还不断有戏。她六十多岁的时候还觉得自己是四十岁的样子。能成为影坛的“常青树”是非常幸运的，同时也是非常不容易的，对演员这个职业的热爱是基石，心态上的年轻、演技上的炉火纯青是必要的阶梯。

我还特别喜欢奥黛丽·赫本，出国旅游逛书店时，只要看到有关奥黛丽·赫本的书就会买下来。她是一个传奇人物，经历过许多磨难，然“祸兮福之所倚，福兮祸之所伏”，最终这些经历都化为了赫本自身成长的养料，不仅修炼出她优雅、纯净的气质，也修炼出纤尘不染的灵魂。也因此，她塑造的每一个银幕形象都典雅脱俗，深入人心，至今都难被世人遗忘。

除了演员的人生经历、感悟给予我启迪外，她们在不同剧组的拍摄笔记也让我很受启发。演员这个职业是充满变化和挑战的，要饰演各种各样的人物，还要适应不同风格、不同工作方式的剧组。如果是主演的话，承担的重任就更重大。有时我到了一个新的剧组，导演的工作方式比较独特，与之前已习惯了的工作方式不尽相同，但又恰恰在其他演员的自传中提到过这种拍摄方法，那我就会很快地借鉴、运用起来。

古话言：“书中自有颜如玉”。对演员而言，书中也自有表演的秘诀。

朗诵——另一扇艺术之窗

生活中，我经常找时间阅读文学作品，感受文学的魅力。幸运的是，近年来，我又熟谙了一种与文学亲密接触的方式：朗诵。

记得最初参与朗诵，是在一个纪念话剧百年的活动上。有位演员突然腰扭伤了不能参加，组织方就请我去“救场”。当时我生完小儿子一段时间，刚好在调养身体，有空闲，便答应了。去北京排练了半个多月，最后在北京人名大会堂演了一场。

过了几个月，肖雄姐姐告诉我，她推荐我去参加另一个朗诵活动。肖雄是一位优秀的女演员，我很欣赏她，也一直很感谢她。她曾跟我说，晓频，你在舞台上的感觉很好，应该多上舞台朗诵。在她的鼓励与推荐下，我又接下了一个朗诵任务，并从此步入了另一个艺术领域。

也许有人认为朗诵比演戏容易得多，有时朗诵作品只有短短几行诗，在舞台上表演几分钟就下场了，还有些人甚至认为朗诵只要普通话标准，抑扬顿挫就可以了。这完全是误解。通常一场朗诵会，主办方会提前一个月把需要朗诵的作品传给朗诵者做准备。在表演的现场，那几分钟，整个舞台都交给了朗诵者，由他全权负责，稍有差池，没有人能帮忙补救。这不像演戏，要是出点差错，旁边还有人帮忙转换一下，把小问题

化解开去。因此，一旦接下了朗诵的邀请，我一定会全力以赴地准备，也借此陶醉地徜徉于诗意、深邃的文学海洋中。

我朗诵过智利诗人聂鲁达的《我喜欢你是寂静的》。准备这篇篇目时，我先去了解聂鲁达是怎样的一个人，他为什么能成为这么著名的诗人，他创作《我喜欢你是寂静的》时处于怎样的环境与心情。经过了解，我感受到，聂鲁达是一个非常独树一帜的人，拥有南美人的奔放，他的诗情与东方人的诗性完全迥异。他的这首诗是他跟自己灵魂的对话。

我也朗诵过林徽因的《你是人间的四月天》。“我说你是人间的四月天；笑响点亮了四面风；轻灵在春的光艳中交舞着变。你是四月早天里的云烟，黄昏吹着风的软，星子在无意中闪，细雨点洒在花前。……”这首诗既空灵又具象，非常美。美到刚开始我都不敢念，怕把那些最美好的感觉给念没了。这也是我的一个习惯，在没有做好充分的准备前，是不会轻易念作品的。于是，我翻阅了林徽因的传记，也了解到关于《你是人间的四月天》这首诗的两种说法：一种是为悼念徐志摩而作，另一种是为四月出生的儿子而作。我更倾向于后一种解释。当我把几乎所有的内涵都拿捏准确了，诗句都烂熟于心的时候，我才开始朗诵。这首诗我在不同的场合朗诵了很多次。有趣的是，有一次聚会时，我的老师跟我说，你的生日也是四月份，跟这首诗还挺有缘的。这时我才意识到，真有这么一个巧合，之前完全没有联想到。也许这就是冥冥中的缘分吧。

我朗诵过另一个奇女子——萧红的小说《呼兰河传》的片段。《呼兰河传》以萧红自身的童年回忆为线索，描写了二十世纪二三十年代东北小镇呼兰的风土人情。萧红的文笔既浑重又轻盈，想象力与真实感并存，尤其是回想起哈尔滨老家爷爷的那个院子时，很令人动容。萧红幼年丧母，父亲性格暴戾，她只有从年迈的爷爷那里享受到亲情温暖。除了阅读《呼兰河传》，我还特意去了解萧红的人生履历。她一生颠沛流离，与她随影如形的只有寂寞，31 岁时就英年早逝了，让人唏嘘不已。换个角度看，也正是她的凄迷人生与卓异的气质，形成了她沉郁感伤的文风。她的坎坷生活和丰富情感使得她的文字仿佛是从她心尖上自然而然流淌出来的，这也使她成为中国文学史上一个独特的存在。

我也朗诵了肖复兴的散文《母亲》。这篇文章中的“母亲”是作家肖复兴的继母。肖复兴幼年时，亲生母亲过世后，继母便从她的老家河北沧县来到北京，来到他们身边，把他和弟弟抚养成人。文章中，肖复兴讲述了自己从一开始对继母的抵触到之后的感动、接纳，到最后的相依为命，虽都是种种普通、平凡的生活细节，但情真意切、感人肺腑。无论是继母对继子视如己出的爱，还是儿子对母亲的深深怀念，都弥足珍贵。每次我在舞台上朗诵这首作品的时候，台下会有许多观众眼含热泪。

关于母亲的作品，我还朗诵过冰心的《写给母亲的诗》。我从小就知道冰心，印象中，她是一个和蔼可亲的老人。不过读了这首《写给母亲的诗》后，冰心的形象在我脑海中更加丰富了起来。诗歌中，既写出了一个女儿对母亲的复杂的情感，包括任性，又表达了妈妈离世带给她的伤痛以及内心对母亲的深深的爱。那个年代的人习惯于把情感隐藏在心里，直至亲人过世，始终没能表达，造成无可挽回的遗憾。冰心把她所有的思念与难以言尽的爱都融进了诗里。

2017 年 2 月 10 日晚，《致普希金——纪念俄罗斯文学之父普希金逝世 180 周年朗诵音乐会》在上海东方艺术中心音乐厅举行。我也参加了这场演出，不仅朗诵，还负责整场晚会的串词，从普希金的出生讲到他离世时的状态。普希金在与丹特士的决斗中受重伤，他在家里的软榻上躺了两天，流了很多血，最终普希金于1837年2月10日下午2点45分撒手人寰，享年38岁。圣彼得堡和上海两地间的时差是5小时，因此朗诵会开始的时间恰好是180年前普希金离世的时刻。那天，表演艺术家们深情朗诵了《纪念碑》《皇村怀古》《致凯恩》《我曾经爱过你》等普希金脍炙人口的经典诗歌。台下座无虚席，1500多位观众屏息倾听，全场安静极了，一切那么安谧，空气也好像凝结了一样。有那么一刹那，我真的感觉普希金的灵魂仿佛在这一刻也来到了这里，通过跨越时空的、凝结他的激情与思考的诗，与大家进行心灵的对话。180多年前，普希金用诗把人们的心灵点亮，如今他饱含着崇高使命感和伟大抱负的诗歌依旧点燃了在场所有观众的心灵。

晚会最后，我们邀请在场的观众一起朗诵《假如生活欺骗了你》。演出前，我还担心观众会不会互动。出乎我意料的是，观众们都特别愿意参与朗诵，特别得投入，仿佛要把之前一个多小时的感动都借朗诵抒发出来。一千多位观众，男女老少，来自全国各地，带着不同的乡音，可是一旦开口朗诵起《假如生活欺骗了你》，就像排练过一样整齐，涌动着一种发自肺腑的深情。他们齐声表达对伟大诗人普希金的无比热爱与崇敬，也无比陶醉于诗歌的魅力。

每一次的朗诵活动，我仿佛都经历了一次心灵的洗涤，让我欣喜的是，我还把自己从文学中获得的心灵感受分享给了观众。因此，近些年朗诵成为我生活中一个重要部分。我想，上天对我是厚爱的，他非但没有关闭我的影视表演艺术之“门”，还帮我打开了另一扇窗——朗诵艺术之“窗”。

2003年春，我与刘若英在拍摄《张爱玲传奇》时结下友谊，她演张爱玲，我演姑姑。

《走过幸福》剧照，我和孙红雷。

《长平之战》剧照，我和许还山老师。

戏内戏外的生活

近些年我一直在演戏，每年基本接两三部戏。2011 年，我参演了年代情感剧《养女》，此剧讲述了二十世纪九十年代至今，古城西安两代养女的家庭情感故事。女主角的名字叫梅子，杜源老师和我演她的父母。片子是在西影厂一个外景地里拍的。剧中一家生活挺辛苦的，因此“我”穿得也很朴素，衬衫、裤子、布鞋。我跟剧组提出，不要给我多准备，有几套衣服就行。这个角色跟我自己贴得比较近，只需要本色演出，但我并不满足，希望能多演一些不同类型的角色。在那之后我接演了一个“作”得不得了的女人。

2001 年，电视剧《婚前婚后》开拍，我饰演丁可萍。丁可萍有强烈的占有欲，脾气乖戾、变幻无常，而且颇有心计。当时所有人都不相信我会去演丁可萍。但一方面我想寻求突破，一方面我觉得她是一个“人物”，她不是凭空捏造出来的，而是有生活依据、情感逻辑的。让我欣喜的是，饰演男主角陈子安的演员孙思瀚说：“晓频，你这次真的演了一个‘人物’出来。”

2017 年，在夏晓昀执导的《国民大生活》中，我又演了一个比较“作”的女性——“上海囡囡”陆露的妈妈蒋妙音。演这个角色时，很多时候是情绪释放的状态，但有时也会很注意分寸地“收”，我不希望演出一个让人难受的人物。编剧王丽萍老师一开始挺惊讶我会演这样一个角色，看了后，她挺认可的，蒋妙音有点小“作”，但是该高雅的时候还是很

《戴茜今晚嫁给谁》剧照

雅致的，在家里她说一不二，不愿意女儿嫁给外地人，这样的想法也有现实依据。人物言行举止很合理，观众看起来也就很舒服，对人物不生厌。丁可萍、蒋妙音这样的人物离我自身的性格比较远，但其实并不难演，演员应该有比较多的可塑性，而且有剧本的依据。真正难演的是深刻人物，有深度的人物，如陶素兰。

最近我正在参与排练央华出品的话剧《戴茜今晚嫁给谁》，讲述的是单身多年的戴茜与母亲之间非常微妙的情感关系。我饰演戴茜。话剧舞台对于我而言，既熟悉又陌生。熟悉的是，童年有不少时光是在父母所在剧院的舞台旁度过的；陌生的是，此次我将站上舞台，成为聚光灯下的主角，这对我而言又是一个新的挑战。

世事无常，人随着年龄往上走，很多东西都在不经意间丢失了，但我觉得好奇心千万不要丢。在回忆童年时，我就谈到我的好奇心很强。这种心态也一直延续至今。正因为有了好奇心，我才有勇气在演戏上不断突破，去饰演不同类型的人物，也正因为有好奇心，我才会一直把我的感官都打开，去接收一切新鲜的事物。现在在日常生活中，碰到一些我不熟悉的事情，我会无所顾忌地询问、了解。这些细节也都会记录到我的表演素材库里。

我特别喜欢亲近大自然，那里有不加任何修饰、浑然天成的美景。记得我拍《金银湾》的时候，摄制组要去五台山、云冈石窟拍空镜头，本来说好我也跟着一起欣赏山川美景的，结果因为生病没去成，拍完戏就赶紧返回学校了。至此，我拍戏时多了一个习惯，如果拍摄地附近有自然风光、名胜古迹，有机会我就赶紧去。如果错过了这近在咫尺的机会，下次则不知何年了。在家的时候，我喜欢研究鸟，家里有很多介绍鸟类

初为人母，2000 年 Erie 满月。

弟弟是哥哥要来的，2007年
哥哥 Eric 和弟弟 Darren。

LA
9-10. MAY. 2015
Karuizawa, Nagano, Ja

我和孩子互相陪伴。

男孩子的爽朗和硬气常常带给我感悟。

我的两个懂事的儿子 Eric 和 Darren，他们让我觉得生活更完整了。

2016 年，我、曾海和孩子们。

的书籍。对园艺花草这一块，我也特别感兴趣，这些都是大自然的一部分，能让我忘却俗事，把自我的身心整个融入其中，用心去感受自然的纯净。

我的生活很简单。演一些觉得合适自己的戏，参与一些朗诵活动，空闲时就看看书，看看电影。我特别喜欢看法国电影，他们的故事离普通法国人的生活很近，艺术是要展现生活的，那些电影真正地呈现了生活的原汁原味。平时，我也挺注意锻炼身体。家里有一台跑步机，天气不好的时候，我喜欢在家里快步走。平时我也会做一些瑜伽，保持身体的灵活性、柔韧性。我觉得，演员特别需要呵护好自己的身体，调整好心理状态，因为我们就是靠我们的身心去完成每一个人物的。作为演员，最重要的东西是什么？就是自己呀！你自身就是完成表演任务的工具。

在我心中，演员真的是一个很纯粹的职业。如果人在这边演着戏，脑中还想着千里之外的琐碎事情，很难演好。想要真正地演好戏，必须要很专注、很纯粹，否则就沉不下来，有一种漂浮的、很表面的感觉。

回顾之前我走过的人生路，一直是简单地拍戏、简单地生活，却也在平淡中收获了很多意外的惊喜。拍了三十年的戏，饰演的各种人物让我体验了各种人生，也仿佛拓展了我人生的宽度。因为演戏、朗诵，我也结识了许多朋友。我手边没有多少影视剧剧照，也没有特意去收集。但我的一些观众朋友却有，从二十世纪八十年代起，几乎每部片子的剧照都收藏着。她们有的是学法律的，有的是幼儿教师，来自各行各业，都特别可爱、特别善良。一旦我有演出活动，他们就会专门从各地跑来观看，我都特别不忍心，觉得好浪费他们的钱，特别是五一、十一等节假日期间，机票都特别贵，她们都不计代价地赶来支持我。她们对我的喜爱，让我感到非常得温暖。作为演员，还有什么比受到观众的认可、喜爱更让人欣喜的事情呢！

1971 年，六岁的我和爸爸，拍摄于桃园地。

我的父亲严翔

在我的生活中，事业是很重要的一块，但更重要的还有我的家庭，我有很支持我的丈夫，对此我一直非常感谢曾海。我有两个懂事的儿子 Eric 和 Darren，他们的到来让我觉得生活更完整了，而且做了妈妈之后，我感觉自己成为了一个更好的演员，男孩子的爽朗和硬气常常带给我感悟。其实，成为母亲是我一直的愿望。我从不曾感觉受到牵绊，而是享受着教导、陪伴孩子一路成长的欣喜。我也一直认为，成为母亲对于女演员来说真的很重要，身为人母一旦饰演母亲的角色时，就能充分地从心底里调动出那份对孩子的深沉的爱、那份为人父母的牺牲精神。不过，更多关于小家庭的细节，我并不想多说。我坚持一个比较传统的观念：演员最好还是保持一种私人生活上的神秘感，让观众看到的更多的是“角色”，这样就更容易让观众接受一个演员所塑造的各种人物。

不过，我特别想谈谈同样作为演员的父母。

我的妈妈是个很秀气、很细致的人，她还是个多面手。在儿艺时，一直挑大梁，演戏任务完成得很出色。她还拍过电影《生命如歌》，主演过电视剧《热血情深》。我曾看过她练功，她的身体柔韧性非常好，很有灵气和艺术感。同时她也是贤妻良母，再忙再累，都把家收拾得井井有条，舒舒服服。后来，爸爸又在影视剧领域开拓了新的发展空间时，妈

1994 年，我和爸爸，照片拍摄于金定根。

妈主动把更多时间放在了家里。

舞台剧演员这个职业，表面上看着光鲜，但其实很有精神压力。当碰到排练遇到瓶颈或要拿出新的方案时，晚上根本睡不好觉。早上起来，爸爸妈妈两个人经常会相互关切地问：昨晚睡得好不好？爸爸妈妈间总是恩爱有加，是一对让人羡慕的、志同道合的伴侣。

再说说我的爸爸。他是一个非常热爱生活、兴趣广泛的人。以前，我们住在徐汇区复兴中路上的一条弄堂里。那时邻里之间关系密切，相处融洽，空闲时经常“话家常”。邻居家发生了什么事情，我爸爸几乎都知道，包括一些老人家以前的曲折经历，爸爸也知晓，还记得很牢。他是一个“有心人”，他觉得这些都是他创作的丰富素材。

爸爸会唱京戏，一开腔，有板有眼，中气十足。其他戏曲种类，像沪剧、淮剧他也都爱看，有空时就上剧场看，或看电视转播。他还会触类旁通，吸收各种艺术精华融入他的表演中。他很喜欢看书，历史类的、人物传记类的书都感兴趣。他曾跟我说过：“好演员要热爱生活，要有一颗敏感的心，容易感动的心。比如你在马路上看见一件事情，这件事情发生得比较特别，就赶紧记下来。说不定什么时候就会派上大用场。”

我父母都是演员，所以很多人认为他们可以成为我演员道路上很好的“拐杖”。实则不然。在我跟他们说想要报考北京电影学院的那天，爸爸就表明，这条路是要靠我自己去闯的，只能靠我自己去领悟。爸爸的表演生涯中，包括后来从舞台转到影视领域，也完全是靠自己摸索，狠下工夫，并没有一种固定的表演模式。他的角色都融入了他的内在，出来的是他的特色，这是无法模仿、拷贝的。当然，爸爸也会告诉我一些观念

1995年，这是我和爸爸最难忘的一张合影。

上的经验之谈，让我少走弯路。

“他总是带着‘童心’把自己溶解在创作集体中，每一次都产生灵感，就是这个‘空白’使他的创作永远年轻。”戏剧家、上戏表演系教授陈明正曾如此评价道，“严翔有很深的文化底蕴，有高超的表演技巧。但他之所以能获得如此巨大的成功，在于他创造角色的方法都是不一样的，接近角色的手段也不尽相同，他善于从‘零’开始，他时常讲自己没底，不是那个‘料’。他从来不刻板地使用他过去的经验，即使相近的角色也不会使用旧的套路，更不会让过去的成就成为自己的包袱。相反每个新的创造都让自己处于‘空白’状态。”

1985年，我在北京电影学院念书期间回了一趟上海的家。回学校途中，特地去天津绕了一下。因为爸爸在天津拍《日出》。我是下午到的，那天晚上有一个排练，当时叫“技术掌握”。我就看他们在那里走戏。第二天我又急着赶回学校了。虽然时间很短促，却让我记忆犹新。我第一次近距离地看到电影的拍摄是什么样子的，也看到爸爸为角色做了很多准备，写了不少东西。

因为在这部电影《日出》中饰演李石清，爸爸获得了金鸡奖最佳男配角的提名。我觉得他真的把这个人物演得淋漓尽致，把人物身上很细腻的地方全都捕捉住了，抓得非常好，能演得这样入木三分，我知道他是下了很大工夫的。其实，每一个人物，无论主角还是配角，他都会费尽心思，不仅翻阅非常多的资料，经常做笔记，还会去纪念馆等地实地感受。因此，爸爸也被一些专家、同行称为“学者型表演艺术家”。就像爸爸在上海市立戏剧实验学校的同班同学孟小禾所言：“与其说他在做戏，

2005 年，爸爸 72 岁时全家合影。

不如说在做学问，他治学严谨，一步一个脚印。”

1989 年爸爸又凭借电视连续剧《上海的早晨》中的“徐义德”一角，获第 10 届电视剧飞天奖和第 8 届金鹰奖最佳男主角奖、第一届宝钢高雅艺术奖和第一届上海电视学会奖。爸爸的性格是比较内敛、严谨的，徐义德这个角色跟他距离有些远，所以一开始他是犹豫的。但我们家里人都鼓励他去尝试。果不其然，他演出了一个与众不同的、很有个性的资本家形象。

除了饰演了各种文化名人，爸爸还能有形象上的突破，这样的艺术机遇真的是非常好。但了解他的朋友都知道，他是属于那种很有准备的人，所以才能抓住各种机遇并完成得很好。正如著名剧作家杜宣所言：“有人说严翔真幸运，演了那么多著名人物。这话只说对了一半，一个演员能够扮演那么多著名人物，当然是幸运的，但是为什么只独他有这么多机会呢？这是由于他的天赋和勤奋构成的艺术上的造诣，因此，这不是偶然的而是必然的。”

在演绎这些人物的过程中，爸爸其实也收获了很多。比方说，为演朱自清，他读了许多朱自清的作品。他说：“朱自清特别崇尚简单，朱自清的文章给人的启示就是：平凡当中能见很多难忘的东西，很多生活痕迹的东西。”我读了以后也是这样的感觉，而且我觉得在某些气质上，爸爸跟朱自清很像，都是特别珍惜生活的点点滴滴，一样喜欢质朴真实，对于喜爱的事业有着孜孜不倦的钻研精神。因此，爸爸在与朱自清外貌上相差很大的情况下，依然能演好“朱自清”，能收放自如地展现朱自清的“真感情，真性情”。也因为朱自清，爸爸开始写日记。写作能够帮他理清很多的思绪，记录下很多宝贵的感悟。在繁忙的演戏之余，他还能忙里偷闲写下几十万字的文章，其毅力、其精神非同一般。

即便爸爸的演艺事业很成功，但是他依然很在意别人给他提的一些意见，还会说："为什么不早一点告诉我呀，那样的话，我就可以更好。"面对赞誉，他也总是很谦逊。一次，爸爸的朋友跟他转述一位美国加州大学教授的评价，他认为严翔的独角戏《伪君子》是他在世界各地看过的《伪君子》演出中最优秀的。爸爸听了后非常高兴，笑逐颜开，但也只是在家里表达一下他的欣喜，从不对外夸耀。他的谦虚是发自内心的，因为希望把角色演得尽善尽美，所以一直兢兢业业、如履薄冰，这才留下了那么多让人印象深刻的、深受观众喜爱的艺术形象。

生活中往往把非常痴迷于表演的人叫做"戏痴"。我觉得，我爸爸就是这类人。在他息影以前，不是在舞台上、摄像机前忙碌，就是在排戏、拍戏的准备途中。现在退休在家的他，也依然很关注各种文学艺术，关注影视、舞台作品。他完全是把人生道路"过"成了一条艺术道路，一直艺术化地生活着、思考着。

对于我而言，爸爸是我表演艺术道路上的榜样，更是我人生的导师。在我童年时期就帮我打开了一个艺术生活的美好世界。十多年前，爸爸出版随笔集《我行我书》时，我曾专门写过一篇文章《野雏菊花冠》，现在再次拿出来重温、分享：

儿时的记忆中，没有热闹锦簇的花市，没有小巧、温馨的花店，能见着花的时候，大约都在春、夏、秋三季，来自有年头的树或是街心花园的朴素的、单色的小花，而我在五岁的时候，在安福路人艺的花园里，见

到一只五彩斑斓的美丽的花冠，那是爸爸花了一个上午亲手为我编织的，用的是剧院草坪边生长的各种色彩的野雏菊，那是我整个童年记忆中最重要的一幕，尽管到下午的时候它们就开始凋谢了，我依然记得回家的时候坐在爸爸自行车的前杆上，手里握着已经渐渐谢了的花冠，心疼得不行……但是在我心里，它却一直盛开着，怒放着……我清楚地记得自己戴上花冠时满足而美滋滋的样子，在1970年，对于一个五岁的孩子来讲这份美妙是无价的，记一辈子的……这就是我的爸爸，一个非常热爱生活而又懂得生活的人。

“文革”时，爸爸常常要去五·七干校，短则几个礼拜，长则两三个月。记得我也曾跟着去奉贤农村住了一个月，爸爸自己动手找木板钉床，能使它宽一些，好让我们睡得更舒服。那几个星期我见识了许多新鲜事儿：起大早，走到海边看着红红的太阳从地平线上升起；学着大人们的样子搓草绳；推着独轮车在田埂上跌跌撞撞地走……有意思极了！那会儿剧团的叔叔阿姨们流行自己做人造皮革背包，好像每个人都在做，大家还比来比去的，谁的想法好，别人立即就学。我记得爸爸做的那只的长处是善于利用空间、夹层多，便于寻找。在那个大多数人都提着布袋子的年代，他们能用上自制的背包，斜挎在肩上，神气极了！

在爸爸看来，生活的美就在于细细体味各种细节，在不同的状态和环境下享受它、创造它……比如和煦的风、夕阳的余晖、雨后的梧桐、饭锅里溢出的米香，再比如看了一本好书，看了一出好戏，同事完成了一个好角色等等，他都会由衷地赞叹、感受，作为演员能有一颗时常被感动的心是太重要了，爸爸常常将他的感觉告诉我们，有时边说眼睛就湿润了，好演员的特质就在于此。我常常觉得爸爸是我见过的真正性情中人了……我和妹妹常慨叹妈妈这辈子的幸运，能遇到像爸爸这样既懂得浪漫情调又会生活的人做她的丈夫，真是太美了。

爸爸善于学习的能力我认为是天生的，他似乎有种能耐，在别人眼里了无生趣的事，到了他那儿总会有属于自己的发现。到一个从未去过的新地方，他会与当地人交谈，谈着谈着就开始学讲当地的方言，讲得津津有味……在生活中发现智慧是挺美妙的，这种点滴的积累在他的职业生涯中很起作用。记得演《问天何时明》中的郭沫若时，有不少戏就是用四川方言完成的，爸爸完成得极自然。

我一直觉得，爸爸的用功和勤奋，我们家谁也及不上，将平时记下的随笔出书就是一个特好的证明，他写东西还有一个特点就是不挑地方，不挑纸笔，膝盖上、枕头上、沙发扶手上都可以成为他临时的书桌，而且感觉还特别好。

事业上的成就有目共睹，而生活中的爸爸对许多事物都充满了兴趣，音乐、戏曲、绘画、书法甚至排球他都很着迷。有不少人问起我，严翔老师是如何保养的？在我看来，他的好心态就是最棒的护肤品、保健品，遇到事情不急不躁，没有急功近利的内心，他把这一切都看得很淡。他总告诉我们，生活本身就是细水长流的，该是你的就是你的。记得我在大学毕业后有一段时间，班上同学大都遇到了好机会，而我在事业上的进展却比较慢，爸爸就安慰我说，这个职业是需要极大的耐心和热忱的，同时它也是残酷的，你要做好充分的准备，你只要把自己的状态保持好，做好准备，机会来时就能抓住了。你要知道：我们严家人后劲儿足着呢！这句话在相当长的一段时间里对我既是激励

也是动力，事实证明，爸爸说对了。

时光流逝，岁月悠悠，每每经过安福路依然能感受到它的美，安适的、沉静的、直达人心的。因为我们内心有太多内容曾属于那里，我美丽的童年记忆属于那里，爸爸最棒的年华属于那里……这其中有他的艺术、有他的生活……

但愿，我还能在原来的院子里摘足够多的雏菊，让爸爸再给我编一只美丽的花冠……

胡凌虹
严晓频
严翔 著

人民交通出版社股份有限公司
China Communications Press Co.,Ltd.

序言　严翔印象

陈达明

著名话剧、影视表演艺术家严翔，是我近六十年的老同事、老朋友、老大哥。不知是何原因，但凡我要为自己所熟悉的人写点什么的时候，总有一种不知从何下笔之感。也许，因为知之甚多，生怕说少了，挂一漏万；也许，因为了解较深，唯恐未能深剖细析、失之肤浅；思忖再三，我还是不拘文体，依兴之所至、随意谈谈我对这位老大哥的印象吧。

我生也晚。我是在二十世纪六十年代初进入原上海人民艺术剧院的，当时还是个十几岁的少年；那时的严翔，虽说也才二十七八岁，但已是一位在上海话剧舞台卓有成就、在广大话剧观众中颇具影响力的优秀青年演员了。记得进院不久，他很快便吸引了我的眼球：但凡他演的戏，我决不会错失时机，无论是在剧院的排练厅，还是在剧场舞台的侧幕边，我总会一遍又一遍地观看他的排练和演出。这情形，按当下的说法，俨然是“铁粉”一族了。现在回想起来，那时我之所以会成为严翔的“铁粉”，不仅是因为他扮相英俊、台风潇洒（顺便说一句，当年他的颜值，绝不输于今天的任何一个“小鲜肉”），更在于他较之一般的演员，能更为走心、更为精细地去琢磨、刻画所演人物，给人一种常演常新之感。

严翔是在新中国成立前一两年作为插班生进入上海剧专（即今天的上海戏剧学院）的，1951 年毕业后，先后在剧工团、华东文工二团任演员，之后进入上海人艺，成为人艺话剧二团的

一位演员。粗略算起来，自他从艺至今的六十多年艺术生涯中，他曾演出了八十台左右的话剧，参加拍摄了五十多部电视剧和十几部电影，所塑造的舞台、银幕、荧屏形象应该不下于一百五十多个吧，这些艺术形象，足以搭成一道色彩斑斓的戏剧人物画廊。按说，作为一个演员，他早已功成名就，以他所掌握的表演技巧，也完全可以像许多人那样，“以不变应万变”地应对任何新角色。然而他却并没有那样。在漫漫的艺术道路上，他始终以一种初入门般的心态，抱着虔诚的敬畏之心，去迎接一次又一次新的艺术挑战；不敢依仗自己的“老本”而有丝毫懈怠。这就是严翔给我留下的总体印象。尽管当年的英俊青年如今已成为耄耋老人，但这印象始终抹之不去，而且随着岁月的流逝愈发强烈。

严翔曾将自己的表演历程大致划分为三个阶段：第一阶段，因为扮演的大多都是和自己比较接近的角色，也因为从艺之初也不太掌握塑造人物的技巧，基本上是在演“本色”；到了第二阶段，懂得了塑造人物，也掌握了相应的手段，于是，便在演“角色”上下足工夫，某种程度上丢弃了本色；再到第三阶段，大量的艺术实践促使他重新思考一个初入戏剧之门时就应明白的道理，即：演员，既是艺术形象塑造的主导，他本身也是艺术形象塑造的工具和材料；由此他感悟到，完全丢弃本色是既不应该、也不可能的事。这一感悟让他茅塞顿开。从此，他积极探寻一条从本色出发、从上下左右各个方位向角色靠拢的表演之路。这样创造的人物形象既是角色，也蕴含了自己的本色，即使是别人曾经演过的角色，也能具有与别人不同的艺术特征而进入

一个新的境界。应该指出，他的这种从演“本色”到丢弃本色、再重拾本色的认知过程，并不是一种简单意义上的回归，而是一种由简入繁、进而删繁就简的升华。这一认知得之不易。有不少演员，哪怕演了一辈子戏，也未必会对这个看似简单，实际上关乎表演艺术根本的问题作过认真的理性思考。所以，严翔给我的突出印象，就是善于思考和注重总结。

是的，他每接一部戏，每演一个角色，都是事前有思考，事后有总结。不管要演什么角色，哪怕是戏份不多的角色，他也不会草率应对、仓促上阵；他不仅要反复琢磨角色的过去和现在，外形和内心，就连走近角色的途径和创造人物的方法，也会反复推敲，权衡再三；视不同的角色、不同的创作环境而作出不同的选择。记得多年前他接到在《伪君子》中扮演达尔杜弗的任务时，因是排练中途替换别人的临时安排，已无时间再循常规从案头工作做起，于是，他经过思考，毅然决定直接从人物台词入手，在熟悉角色台词的同时，探寻角色的音容笑貌和行为轨迹，以较快的方式进入了这个表面道貌岸然、实质卑鄙无耻的伪君子的阴暗内心。又如他在电视连续剧《上海的早晨》中扮演徐义德一角时，正是通过认真的分析思考，终于发现，在这个人物身上，除了剧本所赋予他的种种个性特征和人格魅力外，还应有一种年富力强的成功上海资本家所特有的那种“魁劲”。这“魁”本是上海方言，它意味着一种自鸣得意的潇洒，一种从骨子里透出来的傲气。这一极为准确的人物细微神态的捕捉挖掘，鲜活而生动地为角色增添了浓郁的海派色彩，使徐义德这位春风得意的上海工商界翘楚具有了鲜活的血肉之躯，取得了很好的艺术效果。至于事后总结，他更是几十年如一日，每当一部戏演出或拍摄完成之后，他大都

会持续在这个形象中沉浸良久，决不会立马扔掉，匆匆进入下一个艺术形象的创造。他会回眸重新审视这个刚刚演完的角色，作一番冷静的分析和思考，认真检讨自己在这一艺术形象塑造中的得失成败。我曾兼任多年《话剧》杂志的主编，当时经手刊发了不少严翔撰写的此类总结文章。应该说，如此认真对待艺术总结，而且能够花费大量精力和时间将其付诸文字的，实属罕见。这样的总结，对于他塑造演员形象能力的不断提升，对于他不断丰富、积累刻画人物的方法和手段，当然有很大好处。他在电视剧和电影中曾三次扮演郭沫若。正是他每演一次就总结一次的孜孜以求的精神，才使得他对这个一代文豪的艺术形象的了解和把控渐入佳境，铸就了他的一次又一次成功。我也见过不少自身条件不错，演技也算娴熟的演员，但就是欠缺思考和总结，因而你看他一两部戏似乎还行，但多看几部就不对了，因为他摆弄的，永远是那么几般“武艺”；给观众提供的，永远是那么“一道汤”。他们之间的差距，不在于先天条件和演技，而仅仅在于是否懂得思考。

由他的爱思考，我又想起，生活中的严翔，总是给人留有一种充满书卷气的印象。他爱阅读，爱笔耕，在书山文海中驰骋，可以说是他演戏之余的最大乐趣。其实，行万里路、读万卷书，本来就是一个演员所必须具备的素质。广博的视野和丰厚的知识积累，对于一个演员而言，是他在形象塑造中能否措置裕如的一个重要因素。严翔之所以能在学养上不断提升自己，我以为，应该和早年原上海人艺所具有的浓厚艺术氛围有很大关系。当年剧院的黄佐临、杨村彬等戏剧大师，不仅非常重视剧院的剧目建设，提出了“十大剧目”“百大剧目”的宏伟艺术生产蓝

图；而且还十分重视提高剧院从业人员的学术素养，为大家列出了必读的“百大书目”。那时，前贤们经常教导我们：一个演员，要注重自身修养，要广泛吸纳各种知识，要“开中药铺”，只有“百味杂陈”，到需要时才能“配出良方”。我想，这些话，是深深印记在了严翊的心中，他实实在在用一辈子去践行了的。

其实，一个人的求知欲，总是和他在业务上乐于迎接新的挑战的进取心成正比的。因为不断迎接新的挑战，才会发现自己固有的不足，进而激发了了解、掌握新知识的动力。在我的印象中，严翊就是这样一个在表演艺术上不断探索、勇于面对新的挑战、乐于攻难克坚的人。在他的从艺历程中，总是会积极寻找机遇，将努力创造一个个身份不同、性格各异的人物作为自己不断前行的目标。多年来，他演过英雄，也演过叛徒；演过英法王公贵族，也演过兰考贫苦农民；演过一代文豪，也演过菊坛精英……他不愿重复别人，也不愿重复自己，一旦有新的尝试在望，他会兴奋不已、寝食难安。可以说，他对于不断迈入艺术创造的新天地，已经到了一种如痴如醉的地步。我至今还记得，很多年前，他曾对我说过一个愿望：“要是能将《日出》里的每个男角色都演上一次该有多好！”这样的愿望，真可以视作是“奇想”，是一种“突发”的念头，我此生只有从他一个人这儿听到过。然而后来他果真这么做了！继舞台上先后扮演胡四、张乔治之后，他又在银幕上扮演了李石清。这可是三个从外部形象到内在情愫都相去甚远的角色啊，但严翊所扮演的这三个形象，居然都获得了广大观众和圈内专家的好评。以我的有限见闻，自《日出》问世以来，在这出戏中演过三个角色而又取得成功的，在中国演员中恐怕并无第二人。我甚至想，早些年在他年龄合适时，倘有扮演潘月亭、

黄省三的机遇，他一定也会跃跃欲试，挺身而出的。

古人曾将“胆识才气”视为作文的必备条件。其实做艺何尝不是如此？在艺术创作中，单有“胆识”，即单有“勇”是远远不够的，还需有与之相匹配的“谋”。何为“谋”？“才气”也。所谓“才气”，固然有天赋的成分，但它又总是和勤奋、刻苦这样的关键词紧密相连。严翔的成功，虽说与他的天赋有关，但更是他数十年来的勤奋和刻苦的结晶。事实正是如此。在我的印象中，他确实又是一个勤奋和刻苦的人。在二十世纪六十年代初，他曾在阿根廷政治寓言剧《中锋在黎明前死去》中扮演一个“大收藏家”鲁普斯的“藏品”——始终以哈姆雷特面貌出现的演员，他那穿着紧身服的挺拔身姿，他那步履之中透出的高贵优雅，当年曾令我惊叹不已，后来我才知道，这和他多年来刻苦训练形体有很大关系。当年在剧专时，他经常不辞劳苦，从虹口赶到法租界的俄籍芭蕾教师那儿去接受严格的芭蕾培训。工作后，也是常年将形体和语言基本功的训练作为自己必做的功课。他的刻苦，还突出地表现在为艺术而敢于拼搏的劲头上。至我还记得，在拍完电视剧《净魂》（他在该剧中扮演主角裘派花脸方荣翔）后，他曾和我聊过如何刻苦练唱几个唱段的情景，现学现拍，着实不易。这里我必须补上一笔的是，他当时还和我谈及了一个有关浑身淋湿的镜头的拍摄。那时，严翔本人已不年轻，尽管衣服里面也采取了一些保护措施，但在那样已趋寒冷的季节，他仍坚持拍摄，在凉水淋透全身的规定情景中挺了过来。当时我脑海中蓦然浮现出斯坦尼斯拉夫斯基的那句名言：“爱心中的艺术，不要爱艺术中的自己。”行文至此，我又想起三十多年前，我曾写过一篇题为《语求肖似，立心为先》的文章，专门就严翔在不同人物的语言塑造上所作的

艰苦探索，对他深厚的语言功力做了评析。其中，我曾提及他在《伪君子》中饰演达尔杜弗一角时，就从这个角色集“信士”、流氓和无赖于一体的特征出发，通过艰苦的摸索和反复尝试，才确定了以华美而略带做作的“神甫腔”与那时隐时现的轻浮调相糅合，作为这个人物的基本语言造型。同时，他又根据不同的规定情景，在语音、语调及节奏上加以调节变化，使之能准确地表现欺骗、试探、挑逗、掩饰等不同的语言内涵。特别是在表现达尔杜弗在以“委曲求全”的假象来为自己的不轨行为开脱的那段戏里，严翔时而痛心疾呼，时而凄然哀吟，接连运用了沙音、哭音，并伴之以哽咽、抽泣乃至嚎啕，将那一大段念白处理得起伏跌宕而极富表现力，连最简单字句的含义也能为观众所顿悟。当时我们看到他在台上一连串快板式地责骂自己：“是坏人，一个罪人，一个可耻的败类！”之后，骤然用了较大的停顿；接着，他又变换为一种“虔诚”的语调，缓缓吐出了“是上帝有意惩罚我，才借这个机会考验我一番”，于是，一下子便完全否定了前面的“自骂”。这里，语言形式的明显变化，有力地揭示了达尔杜弗的狡诈手腕！这段戏，不仅语言内涵复杂，而且语言技巧也非常集中，存在较大难度。但在严翔口中，却是抑扬顿挫有致、气息匀畅自如，毫无佶屈聱牙之感。我在这里必须告诉大家，这一切，都源于严翔在台下一次又一次苦心琢磨、反反复复所作的细致尝试。梨园行常说：台上一分钟，台下十年功。我们从严翔所创造的一百五十多个艺术形象中，难道还不能掂量出，他为之付出的几多辛劳吗？

艺品如人品。在我的印象中，严翔宛如一杯清茶，飘溢着淡淡

的清香，从不以浓烈示人；他台上高调做戏，台下低调做人，日常生活中，永远是一个温良恭俭让的谦谦君子。半个多世纪了，我从未见过他有什么不良爱好；他的业余时间，似乎就是看书写作，当然，他能歌善舞，也爱唱京戏，这些爱好同他自己所从事的表演专业相关——，这些爱好确实为他增添了不少可资“调配”的艺术表现手段，为他的表演事业增色不少。他有一个和谐温馨的家庭，夫人徐幗莲原是中国福利会儿童艺术剧院的主要演员，当年曾主演过不少剧目，我就曾看过她主演的《三打白骨精》。在严翔多年为影视拍摄而奔波的日子里，她毅然全盘挑起了操持家务的重担，真可谓是贤妻良母！他大女儿晓频是“女承父业”，如今也是一位非常著名很有影响力的青年艺术家；他的小女儿彗轩，天赋一副宽厚的好嗓音，曾非常钟爱歌唱艺术，后自上海戏剧学院毕业后，从事创意方面的工作。安详的家庭环境，良好的家风，是陶冶情操、滋润心灵的沃土。我想，严翔之所以能潜心艺术而淡泊名利，与此也不无关系吧。

笔者并无“窥一斑而知全豹”的笔力，唯愿我这些零零星星的印象，能多多少少给读者诸君留下一些印象吧。

陈达明

国家一级编剧、剧作家、戏剧评论家
曾任上海戏剧家协会驻会副秘书长、白玉兰奖办公室副主任
创作话剧、戏曲、电视剧、广播剧、小品二百余部集
撰有涉及戏剧编、导、演的理论、评论、随笔等文章百余万字
获首届全国优秀广播剧奖、浙江省首届电视艺术特别奖
中国话剧金狮奖编剧奖

序言　一世友谊说严翔

九旬老友　雍怡龄

七十年前，严翔和我十五六岁时，我们就是好朋友了。七十年后，我和严翔都已经年过八十，经过岁月磨砺、风雨劫难，我们的友谊一如当年青春澎湃，依然激荡着赤子之心，这是多么难得。七十年前的我们，懵懂幼稚，少不更事，天真清纯，七十年后，经历人海沧桑世态炎凉的历练，我们还保持当年的那份天真清纯，这也是我所始料未及的，而对于已是名人名演员的严翔来说，实属不易啊！

我们初识在 1949 年春的上海剧专。那时我已学了半年表演，再开学时，我们年级突然多了十几位新来的插班生，其中有个小伙子特别引人注意，他面相清秀，身材瘦削，脸上终日带着笑，煞是讨人喜欢。一双黑亮机灵的大眼睛，咕溜溜地转着，笑盈盈地向你送来亲热和友善，他就是严翔。不到两天，大家都喜欢上了他。我们当中活泼调皮，爱倚老卖老的华均，亲昵地开口喊他"小严翔"闭口喊他"小严翔"，他总是"哎！""哎！"的答应。说真格的，别看他高高的细挑个子，年岁却小，他是往大虚报两岁才考入剧专的。

从少年时起，对戏剧艺术他就显得特别痴迷，他来自北方，入学时应该是到上海不久，他就像一只勤劳采蜜的小蜜蜂，日常上课认认真真听讲，下来潜心思索揣摩，形体芭蕾课他更是格外用心，因而感动了俄籍教师沙考尔斯基，动员严翔课余时间

去他私人创办的舞蹈学校上课，且免收学费。沙氏是当时沪上最优秀的芭蕾播种者，能得到他的赏识可是不一般！

在学校里，严翔特别喜欢去小剧场和排练场，凡有戏在拍在演，他就爱去看，如果哪儿需要群众角色和龙套，他很乐于去顶戏。庆祝上海解放大游行中扮演押解蒋介石宋美龄的解放军战士，文化广场演出《茶馆小调》《扬子江暴风雨》等活报剧中的群众都有他，他自觉地争取参加这些演出实践，有意识地汲取营养，增强胆识。

在那“山雨欲来风满楼”的时期，1949 年 4 月，解放大军已经占领江淮平原逼近长江，上海的解放指日可待。为了迎接这喜庆的日子，学校的地下党组织同学们成立应变小分队，分散到上海的东南西北。我和严翔同在第五队，三十几个人进驻“台尔蒙公寓”（原中央电影制片厂二厂仓库及演员宿舍）——现在上海戏剧学院的所在地。我们过着军营式的集体生活，半天学习半天劳动，轮流值日，买菜做饭，不分男女，全体一起在录音棚内打地铺睡地板。严翔和我铺挨铺，我们很谈得来，那时候无论学习讨论还是劳动，他都是很活跃和积极的。

上海乍一解放，我和严翔等十几个同学热血沸腾，立即参加革命报名去松江地委文工团。出发的那天，我们无比兴奋，四五

点钟起床，从横滨桥赶到徐家汇向住在昆仑影业公司的张客等老师告别，然后身背行李徒步向松江行军。我们这些青年学生，从来没有经历过这么遥远的长途跋涉，走了不远就两腿发软，但是胸有激情，居然能忍痛咬牙坚持向前，不歇气儿地整整走了十多个小时，最终到达了目的地。黄昏时跨进文工团大门，赶快脱鞋，脚上满是红肿的水泡，一个个都累得趴下了。这是我们青年时代的一项奇迹，美好的理想在我们身上产生了多大的力量啊！

后来，由于某些原因，我们原班人马从松江撤回了学校，但是这段经历是弥足珍贵的。回学校后严翔想继续完成学业，我和另外的同学北上去北京参加了中国青年艺术学院，我和严翔就此分开了。

1951 年秋，我从青艺回沪探亲，特地去学校看望同学们，多数同学寒暄过后只顾忙自己的事去了，只有严翔笑盈盈地陪伴着我，当他知道同在青艺的曾宪涤托我代为取回寄放在上海亲戚处的箱子，而这亲戚的上海地址我毫不熟悉时，便立刻去喊了辆三轮车，陪我一同去那地方。又带我去熊佛西老校长的家去看访熊老和我们尊称为“二姐”的郑绮园（熊老的夫人，我们同年级的同学），可惜那天熊老不在家，热情好客的二姐专为我们做了糖渍番茄。

此后，我和严翔一别就是近 30 年。由于命运的安排，我们成了两股道路上跑的车。但是我仍旧关注他的行踪、他的事业。我

知道他被上海人艺选去做了话剧演员，在那里他很快崭露头角饰演了比较重要的角色，并极为荣幸地参加庆祝建国十周年的话剧《日出》的演出，与白杨等我们所仰慕的老一辈演员同台，演出评价很好，也知道他主演的《中锋在黎明前死去》非常成功等等。二十世纪五十年代与六十年代初，是文艺舞台昌盛兴旺的时期，严翔在其中成为活跃人物，我发自肺腑地为他高兴。

1976 年底，我从新闻媒体中得知严翔恢复了演艺活动，并进入了电影圈。不久看到了有他参加演出的多部影片，他又声名鹊起，且攀登上了一个新的高度。

随着国家实行改革开放，影视业蓬勃发展，严翔又拍摄了不少影视剧作品，其中赢得喝彩的有他主演的电影《日出》《城南旧事》，电视剧《上海的早晨》《净魂——方荣翔》等，不胜枚举。一时间，严翔再次佳誉频传。而那时，我所在的小三线兵工企业已经下马，职工自寻出路各奔前程，我蛰居在平湖市标准件研究所默默工作。不料就在这时，这颗熠熠闪光的影视红星突然照亮了我家。

1993 年的一个傍晚，突然门铃响了，我开门一看，眼前站着一位身材伟岸的汉子，我可不认识。然而那汉子却笑嘻嘻地脱口喊我的名字，说道："我是严翔啊！"这可把我惊呆了，他可是从天而降啊！这是我们时隔 44 年后的第二次握手，相隔 44 年后的重逢啊！他兴冲冲地告诉我，这次，到我住的这座城市拍戏，脑子里的第一个念头就是想来看我，但是不认路，收工以后喊了辆三轮车才找到我的家，听了这番话我深为感动，他还是当年那个

诚挚纯真朴实热情的严翔。那几天他在我家与我们同吃同住没回宾馆。后来又组织老友故交来我家。同去海盐南北湖风景区游玩。那段时间他多次到我家来。一次恰逢我领导的离休干部艺术团与另一个单位联欢，他主动出演节目为艺术团助兴，这使得整台联欢档次直线提升，也让我颇有颜面。

那些日子里我们彻夜交谈，提到从前的许多曾同在剧专学习过的老同学，有些在年轻时不乏才智风采，但是后来境况不佳，坎坷困顿，他说："当年他们为艺术献身的精神一直鼓舞着我，艺术素养和风格爱好都受他们的影响，我惦念诸位大哥哥大姐姐，他们时刻在注视我，大约是他们对艺术的迷恋、热爱、忠诚的感情无形的寄托在我的身上吧，因而才有了我的今天。""在老同学中，我是最幸运的一个。"严翔一直是这样谦逊地看待自己,评价自己,在人生旅途中正确摆正自己的位置，始终放自己在群体之中。

严翔近 60 年的演艺生涯，在话剧舞台和影视剧中塑造了百余个人物形象，他因饰演电视连续剧《上海的早晨》徐义德一角荣获第九届中国电视剧飞天奖及第八届中国电视金鹰奖最佳男主角奖，因在电影《日出》饰演李石清获第六届中国电影金鸡奖提名，两年后又因主演《问天何时明》中饰演郭沫若获第九届中国电影金鸡奖提名。1986 年严翔携《日出》一剧赴阿尔及利亚出席中国电影周。无疑，在表演上，严翔已经达到了行云流水挥洒自如的境界，而我坚信他的艺术成就本就源于他的人格高贵与成熟。

早在二十世纪八十年代中期，有位遭受冤屈深陷囹圄二十余载，最后无罪释放的老同学，出来以后为了讨回公道，四处奔走上诉，碰壁无数也遭遇不少冷漠。他去找那时已是影视名家的严翔，严翔打开门一见是他，立刻热情地请他进屋。这位同学后来最终讨回了公道，他说：“我永远忘不了在最困难的时候，严翔对我的接待，那是给我温暖、鼓舞和力量啊！”

已经耄耋之年的我们这一辈人，都曾经遭受蒙蔽、欺骗、煽动，陷入思想和行为的困顿和混乱，我们都迷茫过，狂热过，沉沦过，痛苦过……但是即使如此，也有不少人再怎样也不曾迷失过人的本性，他们会反思以往，从而对人生有了更深的感悟，经过炼狱，领悟做人的真谛，经过烈火，黄金成色更纯。严翔就是这样的人。

浪涛汹涌阴云密布的海洋上空盘旋着一群海燕，它们怀着爱恋不离大海，终生相随，直到停止了呼吸。海燕就是我们这些现已为耄耋，却曾立志为表演事业献身，一生渴望追随表演事业的赤子们的写照，而大海就是风高浪急跌宕起伏的戏剧事业，谁要想在其中取得成功那是万分艰难的。然而赤子们曾经不屈不挠奋力拼搏的心一直在热切地跳动，即使无功而返头破血流直至献上生命，也无怨无悔。

我们这些在沪解放前就已入学的上海剧专（上海戏剧学院前身）的同学们，现在都已垂垂老矣，进入了人生暮年，回想进校时的意气风发斗志昂扬仿佛就发生在昨天，此次借严翔以及其爱女严晓频自传出版之际，我得以回忆抒写这半个多世纪前的理想和友

谊，实在是机会难得。

写到此时，又想起 1996 年初秋，在青岛车站不时出现这样激动人心的场景：一组接站和到站的老头老太们相拥而泣热泪长流。这是我们上海剧专的同学在相隔四十余年后第一次重逢的场景。这个特殊的联谊会最初由定居在青岛的金又新、汪洋两夫妇提出。这建议一提出，就联系了当时活跃在影视界人气和知名度颇高的严翔。这当然源于严翔在同学中的威望和他急公好义的个性，严翔热烈响应，并立刻积极联络通知上海的同学们。

相聚的那些天，我们这些七旬上下的老人们，仿佛又回到了少年时代，唱歌跳舞做游戏，尽情地欢笑、释放，享受这重回青春和无拘无束的时光。这次相聚安排不是宾馆酒店，而是借用的幼儿园小朋友睡觉的大厅，地上铺着凉席，时值夏天，夜晚免不得蚊虫来袭，可大家却对此毫不在意，亲爱友善仿佛回到了学生时代。在人们眼中已是名人的严翔也无例外，跟大家一起吃住，协调安排并主持会务，他依旧是那样热情、平易、和善、儒雅和诚恳，和剧专时期并无二致。其实严翔当时正在深圳拍戏，为了这次相聚特意请假飞来不辞劳苦，可见他对同学有着非常深厚、诚挚的情感。他这些发自内心的表现，在老同学中更增加了威望和号召力，同学们都与他无话不谈、亲密无间……一位早年毕业颇有成就的大师兄亲口对我说：“学校从 1945 年创立起至今天，我所敬重的同学只有两位，其中之一

就是严翔。”他说到的另一位我了解不多，但是说到严翔我双手赞成完全同意，从人品、从艺德、从成就、从生活，严翔都当之无愧。

“德艺双馨”是对奉献于表演事业的人最好的褒奖。严翔做人和从艺都是以德为先，以德为底线，超越底线的一律不干。德艺双馨的褒奖他是受之无愧的。严翔和他夫人徐帼莲，女儿晓频、彗轩也都是表演事业中的忠诚一员，他们必将和严翔一样使所从事的表演事业更加流光溢彩。

MACQUARIE

引子

有人说，
人生就像一场旅行，
暮暮朝朝一载又一载，
每个人都是匆匆的行者。
作为演员的人生，
一个一个角色就是我一个一个驿站，
而我，
心甘情愿地沉醉在这一个个驿站里……

频频相见

目录

CONTENTS

西 014

第一篇章 | 命中注定的戏缘

看完戏，回到家，那些神奇人物还盘亘在我脑海里，挥之不去，让我心头痒痒的，眼睛也敏锐起来，对于生活中有关京戏的事物特别留意上心。同时，一遇到家里大扫除或是晒衣服，我们兄弟几个就开始“搭台唱戏”“粉墨登场”。

美好的童年生活

1933年12月26日（农历），我出生在哈尔滨市道外正阳十八道街6号大院，取名为严家声。小时候住的院子是一座由七八户殷实住户组成的院落。记得院子里有四棵海棠树，春华秋实，结的果实很甜；还有几处花圃，我曾在那里被蜜蜂蜇过，这种疼痛的感觉，至今依然记忆犹新。这个大院有许多的欢乐，冬天泼上水就成了溜冰场，大人们还举办过化妆滑冰大会，非常热闹。到了夏日，院子里凉爽之极。我们这些孩子喜欢坐在大门洞墙边的板凳上玩耍。墙上某处留有一条当年哈尔滨发特大水灾的印记，有人在那上面画了一条飞腾的龙，这样一面普通的墙便带有了某种神秘的气质。我喜欢一个人独坐这里遐想，也喜欢和五六个年龄相仿的孩子东家西家乱闯，或者躲在床底下偷吃他们家的蜂蜜。二十世纪九十年代，我曾两次回哈尔滨演出，专门去寻访这座大院。那时我家曾住过的后楼已拆除，与改建的建筑组成了一个小学校。历经七八十年的变迁，几乎只有那扇高大结实的院门上许多铁钉组成的“崇俭”两个大字，还是当年的模样。

在我的美好的童年记忆里，那个院子是浓墨重彩的一笔，但更铭记于心

的是祖父母、父母带给我的快乐生活。我三岁时，母亲生下弟弟，我就随祖父母生活，和他们睡在一起。

祖父严昌泰的家乡在湖北省兴山县，一个边远多山的小县城，那里山清水秀、人杰地灵，大文豪屈原就出生在那，王昭君的家就在严家祖居近旁。之后我祖父考取了由庚子赔款提供的官府留学日本的士官生第二期（如今大连市海军博物馆有全体五十位毕业生的名单）。祖父学成后与同学们一起归国，投身于军界服务。后来祖父携全家搬到了哈尔滨定居。

在家中，祖父话不多，但和蔼可亲，给我留下了许多美好的童年记忆。每年寒食节，他亲自主持祭祖仪式，气氛庄重、肃然，那种对祖先的怀念、敬重、感恩，进而又化作对家、对民族的敬畏之情，让我印象深刻。祖父是极懂生活的人，他总能在生活中挖掘出许多乐趣，带给我们很多的欢乐。每当春节期间，过了初三，祖父就亲自动手扎灯笼，起先是兔子灯，我们几个小孩围在他身旁，帮他搓纸捻。不一会儿，一个身首俱全的架子就完成了，再糊上纸，就大功告成了。祖父还会扎龙灯，扎完后，他就带领我们举着龙灯到大街上走一圈，路人们好奇赞赏的目光让我们更加得兴奋、骄傲。

我与祖父虽然相隔两代，但我们祖孙两人相处得非常愉快。他写毛笔字，我就研墨铺纸，在一旁观看。他也常常讲《西游记》中的故事，我听得津津有味。祖父喜好看书。他曾在书中找到了一剂良方，助我与死神搏斗了一回。我上小学三年级时，得了一场重病，先是高烧不止，继而又是昏睡不醒、胡话连篇，全家乱了手脚，祖母与母亲坐在我身边垂泪不

二岁时的我，在院中爬到旧式冰箱上玩耍。

六十年后回到儿时家中的大门口。

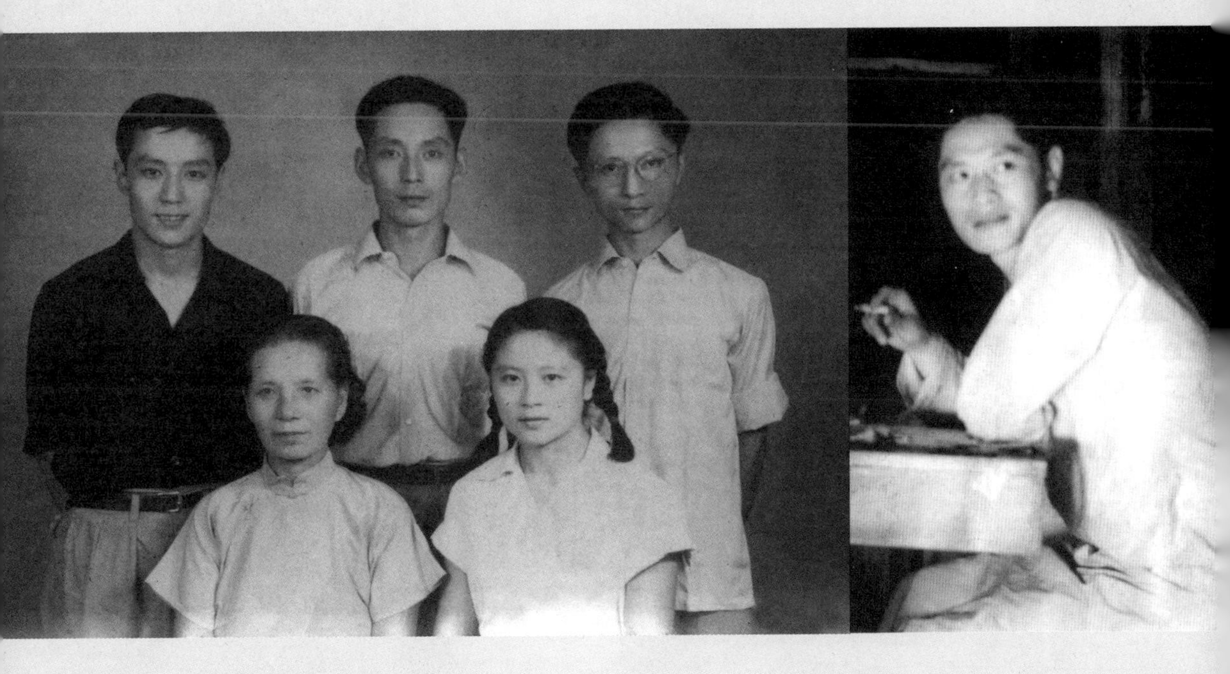

1960 年上海，母亲与我们四兄妹。母祁宝怡、兄严家祥、弟严永兴、严永瑄。

我的父亲严而温。

与帼莲结婚后的第二天清晨与祖母、母亲的合影。

我和胞兄严家祥、胞弟严永兴。

我和胞妹严永瑄。

左起：弟媳陈安月、弟严永兴、我和帼莲以及妹严永瑄。拍这张照片时，忠厚侠义的大哥严家祥已经过世十多年，留给我们无尽的思念。

止，只有祖父一人镇定地独坐在榻上不停地翻阅日本医书。从入夜到天蒙蒙亮，他一直没有合眼，终于翻到一个民间偏方：把大蒜捣碎，糊在额头上。家人们赶紧照做。过了三十分钟，除去蒜泥，我的额角上冒出许多水泡，人也渐渐地清醒了。多年后，我才知道那是一种脑膜炎的罕见病例，非常幸运的是，我度过了那次不小的劫难，没有留下任何的后遗症。这也多亏了祖父，把我的一条小命从死神手中夺了回来。

我的祖母刑厚珍读书不多，但通情达理、秀丽端庄，她的言传身教更令我终生受益。记得我上小学五六年级时，一次要缴班级活动的费用，她就给了我一张大面值的钞票，上交后找回来不少钱，引起了我的贪欲。我偷偷地把钱藏在棉鞋中，想留着以后买东西。不过，我的“小心思”还是被祖母发现了，我羞愧得无地自容，以为会迎来暴风雨般的训斥，不料一切风平浪静，祖母什么话也没说，也没告诉别人，就像压根儿没有发生过一样。这更让我意识到自己的错误，此后这类错误再也没有犯过。类似这样的小故事还有不少。祖母文化程度不高，但待人处事有独到之处，她的宽广襟怀更让我感动，影响了我一生。

我的父亲严而温，身形面俱佳，无论是穿长衫还是西装，都神采奕奕、英气逼人，颇具明星风范，可惜的是他是个聋哑人。听老人们说，他是从别人的肩上头朝下摔下来，影响到身体，从此不会说话了。年轻时，父亲就在哈尔滨红万字会办的聋哑学校任教员，深受学生和同事们的喜爱。他可以流畅地和人笔谈，结交了不少演员朋友，听姑母说起，当年他还与陈燕燕一起演过戏。他有绘画的天赋，会给人家设计房子。他还给学生排戏，关于林则徐禁烟这一类的故事。父亲一直是我心中无限崇

拜的人。母亲祁宝怡是北京朝阳门外祁家庄人氏，温婉娴雅。我的语言受她的影响，可以带出一些北京味。母亲与父亲之间文化差异很大，但是情感很深厚，平时靠打手势以及口型相互交流，非常和谐，恩爱有加。

我有一个哥哥，一个弟弟，一个妹妹。小时候，祖父母、父母对我们的家庭教育不外乎是一些最浅显最基本的规矩：要站有站相、坐有坐相；要尊老爱幼，待人谦和有礼；吃饭的时候小孩子不要挑菜，而且要让老人先吃，老人多吃一口少一口，小孩子以后还有的吃等等。在不知不觉中，我们兄妹四人都养成了懂规矩、自律谦虚等基本品德。虽然我们兄妹性格各异，但在同一个和谐开明的家庭环境的熏陶下，为人处事方面很相似，更巧的是，我们都先后走上了文艺这条道路。大哥严家祥，上海戏剧学院毕业后当上了导演；弟弟严永兴 1949 年进入部队的文工团，歌剧、戏曲、独唱都在行，后来转业当了中学校长；妹妹严永瑄，1961 年毕业于上海电影学校，后进了上影厂，曾主演过电影《养猪姑娘》，和赵丹一起主演过电影《风流人物》等。我则于 1951 年从上海剧专学校毕业，进入上海人艺当演员，后又跨入影视圈。我们兄妹几个在事业方面的一致选择，与家庭特殊的艺术氛围休戚相关。

“戏迷世家”中萌发的“戏芽”

现在回想起来，我干演戏这一行是命中注定的。

我所在的家庭虽不是梨园世家，却也是个十足的“戏迷世家”，祖父、父亲都酷爱京剧。祖父与他的留学日本的同学有个共同的爱好，就是爱看戏，爱捧角儿。

京剧表演艺术家言菊朋是祖父的朋友，京剧名家李万春、李少春则是我父亲的座上客。他们来哈尔滨演戏，常常到我们家里来吃饭。每到这样的时刻，家里人就特别兴奋，做了很多的准备来迎接贵客。有时祖父说晚上一起去看戏，家里人都特别高兴，吃完晚饭就开始坐在椅子上等啊等啊，我们几个小孩子等得都睡着了。迷迷糊糊中，忽然听到大人们在喊：“走啦！走啦！去看戏啦！”瞌睡虫一驱而散，立刻从椅子上跳起来、乐颠颠地跟着大人去看戏。这时往往已经夜深了，为何那么晚才去看戏呢？因为祖父是看戏的行家，知道大轴戏更加精彩。那个时候，年幼的我懵懵懂懂，还不知如何品戏，只是觉得舞台上演员的本事怎么那么大，稍加装扮就成另外一个人，就像变魔术一般，令我如痴如醉。

看完戏回到家，那些神奇人物还盘亘在我脑海里，挥之不去。京剧让我心头痒痒的，眼睛也敏锐起来，对于生活中有关京戏的事物特别留意上心。记得一次我去一个小伙伴家玩，一眼瞥见房间里一个显眼的位置放着一张精美的戏装照片，好像是一位女老生装扮成的戏中人物。我的直觉是：这就是小伙伴的母亲。但话到嘴边又不敢问。这张神秘的照片一直留在我童年的记忆中。

京剧的魅力还在于它成为我们这些孩子最乐此不疲的“重大”事情。一遇到家里大扫除或是晒衣服，我们兄弟几个就开始“搭台唱戏”“粉墨登场”了。没有戏服？大人的帽子、拐杖、围裙被我们顺手拿来，作为我们的服装道具。没有舞台？箱子上铺上块木板就搭成了个小小的舞台。我们还向家中的成员发“票”，邀请他们来看戏。所谓“票”，不过是一张张漂亮的小纸条，但是我们就是要有这样一种场面感、仪式感。那时小姑母是我们的忠实观众，她其实只比我们大十二岁，我们四五岁，她也就十六七岁。虽然那时我们所谓的“演出”不过是极为幼稚的模仿，但我们却是沉醉其间，并悄悄在心底里种下了一颗文艺的种子。成年后，我们兄妹四人都先后进了戏剧学院、文工团和电影学校，应该是这颗种子“发芽”的成果。

我 6 岁的时候，家里有过议论：咱们家孩子是不是要跟随李万春、李少春去北京学戏。但祖母、母亲心软，怕孩子吃苦，此事就不了了之。

记得童年家中有许多唱片，梅兰芳、马连良的两张唱片是最常放的，我在床上嬉闹时，耳边就不断回旋着梅兰芳、马连良的唱段。当时我并没

1953年，我借与民主德国国家歌舞团联欢、表演的机会，第一次拍了穿戏服的照片。

1992年，我有机会扮了一回包公，架势或许不太地道，但过了一回花脸的戏瘾。

从小酷爱京剧的我，把京剧艺术在影视表演中意外地加以运用。这是1996年我在《大收藏家》中饰演时张伯驹唱戏的扮相，张伯驹也是一位非常痴迷的京剧票友。

1991 年我有幸在电视剧《净魂》中饰演京剧表演大师方荣翔，在剧中又出演《霸王别姬》。

我在演唱《赵氏孤儿》中魏降唱段。

2007 年，我在东方卫视著名的栏目《非常有戏》中扮演李玉和。

出身于“戏迷世家”的我，一生都钟爱疏密有秩的锣鼓点和咿咿呀呀的唱腔，也有幸登台出演过不少京剧角色。这是2001年，我在话剧《良辰美景》中饰演78岁的吴一焦，这场戏是他率众弟子出演《牡丹亭》，于是，我有了杜丽娘的扮相。

有特意跟着唱片学唱，旋律却都潜移默化地流进了脑海里，也无形中受到了熏陶。奇妙的是，五六十年后，一次在戏曲票房，我偶然唱起了马连良《春秋笔》的著名唱段，信口唱来，唱词居然八九不离十，而且唱得有腔有调，音也很准，还能与胡琴配合得合板合腔、严丝合缝。

除了看戏，我们全家还喜欢看影片，当时周璇、严华等人主演的电影，我们总是全家出动去观看。小时候，我还喜欢唱歌，尤其是流行歌曲，一听就会，曲不离口。一天晚上，祖父问小姑母："谁家的孩子这么晚还不回家，一首接一首地唱啊？"姑母听了哈哈大笑道："是咱家的家声在唱呢！"祖父很诧异，他不相信，立刻把我叫过去，让我当面唱给他听。偏偏我耍小性子，不肯张口。祖父就笑眯眯地哄着我说："如果你唱了，就给你讲《西游记》。"我一口答应，立刻唱了起来。从此，我常常在家中唱歌给祖父听。当然，交换条件是他讲故事啦。说起来，第一个发现我有唱歌天赋的，还是十分疼爱我的祖父呢。打那时起，我就有了一种信心：我会唱歌而且还唱得不错。

我小学三年级时生了一场大病，痊愈之后，全家从哈尔滨逐渐迁移到南京。在那里我继续上小学四年级，每天下午放学后我就钻进戏院。那时正是游乐场中各戏院日场散场之前，溜进去看半个多小时的戏是没人管的。王琴生的《斩经堂》我不知看了多少遍，戏院里还有扬州戏等别的剧种的戏，不看到终场，我是绝不会回家的。

校园舞台初秀

1946年，在南京呆了两年后，家中发生重大变故，经济条件逐渐困难起来，坐吃山空、捉襟见肘，越来越清苦。而父亲则远在千里以外的哈尔滨。祖父决定把我们兄弟三人分别送到叔父、姑母家中，由他们继续供养我们的生活，资助我们学习。这样我只身一人从南京来到上海的姑母严琬宜的家中。很快，我考入了省立上海中学，上初一，在学校住宿，我的独立生活的能力也由此得到了很大的锻炼。

那时，学校坐落在上海西南郊区。校规规定：学生一律都要住校。两星期才有一趟校车返回市内，如果想要每星期都回家，就得自己解决交通问题。星期六下午，富人家的私车直接开到宿舍门口，接他们的子弟回家，而我们这些没有条件的平民子弟就互相结伴到附近的万国公墓去复习功课。

这个公墓是沪西最讲究、最豪华的墓地。那里有宋氏三姐妹父母的坟墓。有一块很大很庄重的墓碑，青灰色的石板上刻着黑色的名字。记得那儿还有一块两公尺多高的石碑，半文言的碑文很长很长，最后署名是吴佩孚。当时我很想仔细研读一番，无奈只有初中一年级的文化水平，看着碑文却不知所云，只隐约感到，字里行间表达出一种关爱之情。特别惹人注目的是吴佩孚这个

显赫的名字，此外那粉红大理石的底、金色的字体，透射着一层柔美温存的情调，让人不由地产生联想：睡在这里的爱妾生前一定是无与伦比的美人。

墓园里环境幽静雅致，有花草有树荫，还有不少雕塑。每次去那儿，躺在青石板上，我不由得就有朗读、背诵课文的欲望。仰望着白云蓝天，有时也会浮想联翩，涌现一连串的美好向往，其中最强烈的愿望就是当一名有出息的演员。因此，平时我看得最多的就是报纸上的戏剧电影广告了。当时每上一出新戏，必有极富号召力的广告出现，造成先声夺人的气势。读着那些名导演、名演员的名字，我的心就怦怦地跳，也梦想着有朝一日自己的名字也能忝列其间。

某日看到一则广告，我激动不已，话剧八大头牌演员演《雷雨》，单看这张名单就够使人怦然心动的了。我多么向往能有机会去一睹这些明星们光彩夺目的风采啊！那时的票价并不昂贵，与今天的票价完全不可同日而语。但我们住在偏僻的郊区，想去市区一趟很不容易，赶去看戏就更难了。幸运的是，一年后我如愿以偿了。

大约一年以后，我转学去了江湾中学。在这里，我有了更多与文艺接触的机会。班里有一个刚从沈阳转学来沪的同学，她的哥哥与电影演员张伐是东北老乡又是同学，因此有机会能拿到兰心大戏院上演的《夜店》的内部签票。那时在上座率不高的时段，演员们可以分到这种内部福利性的签票送给亲戚朋友。这种票与票房售出的票子不同，类似购物发票的样子，上面写明几排几座。星期日日场，签票比较多些，座位大多是前排稍偏的位置。记得我拿到的是第五、六排的边座，靠近中间走道的地方。十几年以后，再次走进兰心大戏院，我都会忍不住去看这个座位。因为那是我有生以来第一次走进正规剧场看专业话剧团的演出，印象深

刻、终生难忘。这也是我第一次见到张伐的表演，他在《夜店》里面演主角杨七。虽然我只是观众，但激动无比。生活中的张伐，相貌堂堂，到了舞台上更是光彩照人，将观众的目光都吸引到他的身上，紧盯着他的一举一动。这也让我对舞台有了更多的向往。可惜的是，那天石挥没登台，由B角演闻太师，令我十分遗憾。

在江湾中学时，我被推举为班长，常常组织住宿生的文娱活动。那时“学生运动”正风起云涌，复旦大学常有文艺演出，游行示威前也总要演活报剧。受“学生运动”的潜移默化的鼓动，我们一群爱好文艺的中学生，也成立了一个演剧小组。几经周折后，选定了黄佐临先生改编的独幕话剧《处女的心》（又名《君子好逑》）作为演出剧目。剧情是：一位迂腐的老教授，向一位少女求婚，竟送给她一个铁饭碗，象征着可以让她衣食无忧。但天真纯洁的少女却向往着丰富的精神生活，结果年轻的诗人赢得了她的心。

在旁人看来，几个初中的学生娃娃要演这样一出幽默喜剧，简直不可思议。但正所谓“初生牛犊不怕虎”，我们演剧小组都有一股迎着困难上的劲头。这个戏角色不多，我们几个就互相提醒，学着干。

1948年元旦，这出戏代表学校在江湾镇上演出了。服装、道具都是从四处借来的。没有化妆师，学校里就买来几管马头牌油彩，让美术老师替我们化妆。美术老师很聪明，他用报纸卷成细卷，蘸上黑油彩，就成了一支“眉笔”。

记得演出那天下着大雪，我扮演的诗人穿了件向姑父借来的薄呢大衣，拿着一束纸花就上场了。平时我心中一直惦念着演戏，幻想着自己在舞台上如鱼得水、轻松自如地演出。待真上了台，才体会到登台演戏是什么滋味。那时舞台照明是简陋的，但交织起来却产生了奇特的效果，看

起来色彩斑斓，整个舞台仿佛被一层薄薄的雾笼罩着，使一切既熟悉又陌生。台下黑压压一片，但我能感受到，一双双异常明亮的眼睛正注视着我，无形中形成一种无法摆脱的压力，我有些手足无措。幸好我很快控制住自己，顺利地演完了戏。闭幕后，一阵又一阵的掌声，让我们心中无比激动。与这份满溢心间的成就感相比，排练中经历的种种困难和劳累又算得了什么呢。

校园生活非常的精彩，五彩缤纷，可是我的现实生活却开始黯淡无光，接连遭遇了几次变故。一次是一个月之中收到了祖父和父亲先后过世的消息，我从一个备受疼爱的孩子变成了孤儿，打击之重可想而知。1948年秋，又一次剧变降临到我头上。在复旦大学任教的姑父曹孚先生去了美国科罗拉多大学讲学，姑母随后也要去美国与姑父团聚，我只好改换门庭，跟随小姑父去北京的小姑母家中。我们要先坐船到天津，再坐火车去北京。我们坐的是熟人的一艘货轮，没有其他的客人。海面宽阔，风平浪静，一切似乎很顺利，但我却呕吐起来，把之前吃的所有东西全吐光了。大概是因为厨房、饭厅里的味道太重，他们船员习惯了，我却一时受不了。夜深人静之时，我一个人坐在船舷边上，望着天上的月亮，想到自己此去前途未卜，茫茫然如大海，彷徨孤独的心情油然而生，不料更糟糕的事情还在后头。因为北方解放战事吃紧，天津港封港，原本去天津的船到了青岛就停航了。被阻青岛多日，我一筹莫展、茫然之极，第一次深深感受到凄苦无依，真正领会了恐惧的含义。完全不知接下来还要发生什么可怕的事情。

幸运的是，上海方面很快传来消息，叫船返回上海，我那颗一直惴惴不安、悬在半空的心总算落地了。因为时局的变化，姑母没去成美国，我又回到了上海姑母的家中，继续在江湾中学读书。离开上海又能及时返回，是我人生中一大幸运，也让我深深感受到命运如同大海般变幻莫测，这让我更快地成熟起来，努力抓住一切可能让自己成长的机会。

童年的我和二姑妈严婉宜。

这张照片中的我还约略存留着一些儒雅之气。

“风华正茂”这个词似乎是专属于青年人的，这个时候的我正是如此。

五彩缤纷的学戏生涯

如今回忆那时演赵石头的表演状态，也许是最好的了，似懂非懂，是演戏又不是在“演”。真真假假，朦朦胧胧，既纯真又朴实，无忧无虑、轻松自如，不“做”戏，反倒产生难得的真实。《战斗里成长》可以说是我的洗礼戏。

曲折而多彩的剧专生活

在大戏院里长了见识，有了校园舞台上的体验，我想当演员的愿望更加强烈了。可是，在我们这个“戏迷世家”，喜欢看戏是可以的，但如果当真去演戏，却是万万不可的。那时，祖父、父亲相继去世，我与母亲商量要去报考育才戏剧学校。母亲立即认真了，板起脸来说：“绝不答应”，她觉得当演员没有保障。为了不让她伤心，我只能作罢。1949年初，上海临近解放，上海剧专的许多学生投奔苏北解放区，学校决定临时招收插班生。那时我的母亲已回乡下了。于是我决定去报考一下。

踏进考场，一排考官正襟危坐，表情严肃。我一眼就认出熊佛西校长坐在正中。监考老师先指定我读《日出》中黄省三的一段很长的台词。我平时听过广播剧，加上纯正的普通话，因此念台词并不感到困难。接下来是考小品。一听小品，我就有些发怵。我只在学校同乐会上上过一次台，话剧只看过“苦干”剧团演出的《夜店》，当时考试也不像现在可以找人辅导，真是手足无措，不知如何是好。正焦虑中，耳边响起监考老师出的题：“现在失火了，你怎么办？”一句话让我如梦初醒，我马上又喊又叫、东奔西跑，做各种救火的动作，直到老师叫停。

考完试，我心里一直忐忑不安。姑母在《大公报》当记者，她暗中支持我，托人去打听。校方回复，考得很好不用担心。

1949年2月6日，我终于梦想成真，进了上海剧专，插班一年级。我这个戏迷世家的最后一代，正式“下海”投身戏剧了。为了迎接新生活，个性独立的我大胆地为自己取了个新的名字。我原名严家声，改名为严翔，希望在演艺道路上不断“飞翔”，有一个美好的前程。

那年我不到十六岁，可以说是百事不懂，却又以小充大。我是以同等学历报名入学的，同班同学里就数我最年幼，他们都已上了半年表演课，有些还有丰富的社会经验，我显得太稚嫩了，但又年少气盛，下决心奋起直追。那时，高班同学经常要演戏，我就去跑龙套。虽然要牺牲很多业余时间，但我心甘情愿。有一次演出《升官图》，演真县长的薛容同学不能来了，问谁愿意演？我带着玩笑的口吻毛遂自荐道：“我来”！谁知晚上真的让我顶起戏来，真是少年不知愁滋味。

那时候临近解放，“学生运动”频繁，搞活动、演活报戏，人心思动都安不下心来。一次上表演课，课上要做小品。老师张客先生问：“谁上来做啊？”竟然半天无人响应，气氛很尴尬。那时还不懂什么是小品的我自告奋勇地上去了，既为了打破僵局，又为了借此锻炼自己。记得那一次做的是关于失恋者的小品，事先我也没作好构思安排，上场才编的戏，刚好口袋里有张黄宗英的明星照可以利用，就临时以此照片为道具演起来了：神情黯然地踱步，把照片拿出来看了看，丢在脚下，然后低头注视着脚下。我想表达的是：脚下是深洞，我把那照片丢下了万丈深渊。这小品就算是完成了。老师肯定了我的勇气，我觉得主要是出于好

这是一张非常珍贵的照片，是我的好友徐石平拍摄，并洗印后赠于我的。是 1949 年夏，在欢庆上海解放的大游行中，我们剧专的同学在街头演戏的场景，我是左边那位持枪的“小战士”。

1949年，庆祝上海解放大游行，我参加腰鼓队。

1949 年 5 月，我和十几位同学一起离开学校去投奔革命队伍。

心的安慰吧。但同学们却都边摇头边坦率地说："看不懂！"我顿时感到丝丝委屈，而我之前鼓起的勇气，像被针戳了的气球，一下子泄了气，开始谈"品"色变。

我是 1949 年 2 月入的剧专，5 月底上海解放了，短短三个多月内，我参加了多次轰轰烈烈的"学生运动"和护校迎接解放的斗争，经受了革命的洗礼。上海解放后的第三天清晨，我与十多位学长一起步行八十多里路，去松江地委文工团。当时兴起一股参加革命、参加文工团的潮流。可是当我们怀着一腔热情与憧憬到了文工团后，发现现实情况并不是想象中那样。他们工作很忙，晚上演出、白天排练，没有人管我们这些新来的人。在生活的艰辛与心情的失落的双面夹击下，我们几个同学想要返校。可是当初不管不顾地任性而为、一走了之，现在还有"后悔药"可吃吗？几位学长和学校取得了联系，询问如果想回来的话，学校会怎么处理？结果校长熊佛西很真诚地说："你们走，我欢送；你们回来，我欢迎！"于是我和十来位学长又回到了学校，继续学习。这是我第二次离开上海去而复返。第一次是 1948 年冬被阻青岛，孤寂地飘零多日。两次离沪又幸运返回，是我人生中非常重要的节点，要不然我的人生轨迹可能就与演员生涯毫无瓜葛了。这些波折也让我在演员这条路上更坚定地走下去。上海是我的福地。虽然跟在一批年长我不少的同学后边亦步亦趋，吃了不少苦头，但这个圈子也没有抛弃我，还有熊佛西校长这样的贵人的指引，学校给了我自由舒展的学习天地。

1949 年冬天，为庆祝建校三周年，剧专排练了一个大戏，名叫《钢铁是这样炼成的》，由三个学长联合导演，讲述的是新中国成立前的"学生运动"。派角色的时候，把一个年轻的大一学生的主要角色派给了

我。好不容易获得了一个主要角色，我非常兴奋，可惜演着演着，孩子气就出来了，那时我也就十六七岁班里是最小的。因为孩子气太重，我被撤换了角色，去演了另一个戏份不太重的贵族学生的角色。当时熊佛西校长说了一句话："严翔是大人个子小孩心。"一句话就帮我解了围。

从 1949 年 2 月至 1951 年 8 月，我在上海剧专一共待了两年半。头半年临近解放，人心惶惶，没好好上课。第二个半年迎来了解放，游行示威，秧歌腰鼓，跳俄罗斯舞，终日忙于应付各种欢庆活动。第三个半年（1950 年秋冬），我们二十多个学生去了建立在苏州的华东人民革命大学，熊佛西校长表示，要让我们这些学生去参加社会实践、参加革命实践。锻炼三个月后，我们又被分配到了皖北最最艰苦的盱眙县参加土地改革，我还担任了队长。半年的革命洗礼，第一次深入到最苦的农村，让我感触颇多。我亲眼看到、感受到真正的农村是什么样的，解放初期一些穷苦农民是怎样一种生活状态。在安徽待了一段时间后，当地人觉得我们很能干，希望我们能留下来。这下我们着急了。幸好熊佛西校长说话算话，说锻炼半年就是半年，他写了一封信给华东革命委员会，提出想让学生回来了。经委员会批准，我们又回到学校。

如今回想起来，上海剧专两年半的生活，丰富多彩、自由自在，表演课、形体课、芭蕾课等等，课程满满。我跟着学长们演戏，跟一些名导演合作，学到了很多戏剧舞台上的知识，也结识了对我影响重大的恩师们。

《战斗里成长》是我的洗礼戏

剧专生活是多方面的，有排练，有演出实践，也有盲目无头绪的等待。随着时局的动荡，我们的课程也处于一种波动之中，尤其是教师的变动。解放上海的炮声一停，原来担任我们表演课老师的张客先生，就从“地下”站了出来，公开了中共党员的身份。他穿上了军装，成为接管上海文艺界的解放军代表。之后教务长李健吾先生接任，成为我们班主任兼表演教师。那时为选表演实习的剧本，他颇费周折，几经反复，最后确定排练陈白尘的名著《大渡河》。谁知计划赶不上变化，排练刚开始筹备，李先生又被调往北京法兰西文学研究院。谁来带领我们这批学生呢？大家都有些惴惴不安。初进学校的我，更觉得心中空空荡荡、迷茫彷徨，如同当时初春的天气，乍暖还寒时晴雨无常。每周表演课三堂，每堂三节，我们都是在各种猜测、怪论、闲聊中度过的。

这时，传来一个鼓舞人心的消息，杨村彬先生答应从苏北军区前来学校，任教务主任兼我们班的表演教师。

此消息犹如一阵甜滋滋清凉凉的风，掠过我的心头，让所有的阴雨立马停歇，也让我的脑海里浮现去年的一次美好体验。在迎接上海解放的日

1950 年，我在《战斗里成长》中饰演具有强烈复仇意识的农村青年赵石头。

子里，村彬先生为暑假留校的全体同学排练过大型话剧《从呻吟到欢笑》。我演的是一个不堪地主剥削投奔解放军的农民，后来带着部队打回老家。这是我第一次参加正式的专业排练和演出，感到既激动又新鲜。演我父母、妻子的都是三年级的同学，他们已经担当过不少大戏的重要角色。不过，与师哥师姐这些我眼中的“老演员”一起排戏，我并不紧张，感觉相当好，一切进行得似乎都很顺利，直至彩排。那天，没有观众，剧场内非常安静，戏在有条不紊地进行中……忽然，村彬先生随和却又略带威严的声音清晰地传来：“你怎么像在吃莲子羹啊？！”我一怔，接着马上反应过来，这是在说我呢！剧中，儿子临行前，父母烧了一锅山芋汤，全家人眼巴巴地望着儿子，一定要他吃得饱饱的才让他上路。平时排练时，这一段我做的虚拟动作还行，可是一旦上了台就显得太慢太雅了。我立刻意识到了自身的问题。过后我领会到，村彬先生的话中蕴含了好多演戏的理论呢。这是先生给予我的初次启蒙教育。

听到杨村彬先生要来任教的消息，同学们也都兴奋起来。那时，在横滨桥畔，剧专的大楼是周围最高的建筑。我常爱站在二楼教室向窗外眺望。记得那天，我从二楼窗口看见村彬先生远远走来。我一面向同学们报告这个好消息，一面飞快地跑下楼去迎接。只见身材清瘦的村彬先生，身穿一件深海蓝色呢料西装，步履轻捷地走来，这时悬在心中的石头总算落了地。先生的到任使我们这批学生有了坚实的依靠。生机盎然的春天终于来临了！

上课后，村彬先生选定《战斗里成长》作为我们的教学剧目。在整个排练过程中，先生竭尽全力，而同学们也一扫惯有的学生腔，具有了几分军人气质。也许是上一年暑假我演过一次农民，给先生留下较好的印象，

这次他启用我在这个戏里演赵石头，一个有强烈复仇意识的农村少年。

排练场上，村彬先生往往把提示放在每场排练结束或是阶段性的排练之后。哪些方面是应该肯定的，哪些方面是需要改善的……他娓娓道来，谈得很详细，因而往往会拖课，直到中午十二点半才结束。虽然我们的肚子早饿得咕咕叫了，但仍旧十分认真地听讲，生怕漏了某个宝贵的指导建议。

村彬先生侃侃而谈时，总是习惯性地把眼镜往额上一推，眯起眼睛，极为细致地为每个人指出优点与不足。讲评时，如果先生半天不开口，我们的心会一下子提到嗓子眼儿，紧张不安，因为这表示他将要对某段戏或是某个同学提出严厉的批评了。有时，他也会打断排练，直接提出批评。第一幕中，赵家老人为了逃避地主逼租喝了盐卤。演老人的同学为了表现腹绞痛，抱着肚子在地上打起滚来。先生当即问他："为什么这样演？"同学回答："肚子痛啊。"先生有些戏谑地感叹道："这哪里是肚子痛？你这是在生孩子呐。"说得这位同学满脸绯红。先生就是这种辛辣严厉而富含激情的语言风格。后来这位同学有了明显的进步。这件事对我和其他同学也很有启发。

几次讲评下来，我发觉先生对我演的赵石头既不肯定也不否定，实际上应该是对我的默许，我也就顺其自然地演下去了，尽可能让自己更深地投入角色。大概是当年我的纯朴的气质与赵石头这个人物相吻合吧，没叫老师多操心。村彬先生也指点过我：不要"做"戏，要认真说出每句台词，动作要朴实自然、有真实感。有了先生的鼓励，我信心十足，自始至终感觉都是很好的，心理状态十分稳定，表演也愈加松弛。先生把

我的自我充分调动起来，让我逐渐建立起了信念，发现自己并不比同学们差。

该剧公演时，得到各方面很高的评价。一批解放区来的文艺工作者甚至不相信这是学生们的教学演出。《文汇报》一篇文章中，还特别赞赏了我饰演的那个有强烈阶级仇根的小战士。

如今回忆那时演赵石头的表演状态，也许是最好的了，似懂非懂，是演戏又不是在“演”。真真假假，朦朦胧胧，既纯真又朴实，无忧无虑、轻松自如，不“做”戏，反倒产生难得的真实。赵石头在战争中成长，而我则是在学戏中飞快成长。是村彬先生这位严师领我走入艺术的大门，他从一开始就给我指明了表演艺术的正确道路：从内出发，形之于外，内外结合。《战斗里成长》可以说是我的洗礼戏。

学期终了，我的成绩单上表演课一栏填着：76 分。看似“低分”，却让我笑逐颜开，因为除了三位年长的同学得到 78 分，就轮到我了。先生不像其他一些表演课老师把学生分数打得很高。有位低班的表演尖子，拿到了 90 多分，欣喜若狂，他肯定是飘飘然了，觉得自己很不错了。其实表演最需要的是虚怀若谷的心胸。先生希望我们实实在在，有了成绩也不能产生骄傲的情绪，否则很可能光彩夺目一阵后就昙花一现了。先生这种不尚浮华的美德，也激励着我干任何事都要踏踏实实。

有幸在那段难忘的芭蕾学习生涯中，留下这一张珍贵的照片。

我跳过芭蕾

在上海剧专，除了演戏，我还培养了一大爱好——芭蕾。说实话，在这之前，我只觉得在唱的方面自己还有些天赋，可从没想到能跳舞，而且居然会对舞蹈产生浓厚的兴趣，迷上了芭蕾，从而把剧专里的芭蕾课也看作一门重要课程。上课时，因为我是插班生，就在后面跟着。俄籍芭蕾舞形体教授塞珂尔斯基似乎发现我这个新加入的学生不但动作做得好，而且能体现内在的韵律，他就不断地出新动作，不论难易我一次就能达到他的要求。我意识到有些较难的动作是他特意出给我的，他想考察一下我的潜在能力，这也就更激起我学习芭蕾的兴趣与自觉。

有一天下课之后，老师特地走到我面前。他一边拿出一张纸片，上面写着他开设的私人芭蕾学校的地址，一边拇指和食指相搓。那是个数钱的动作，我以为他指的是要付学费。不料，他表示不收钱，相反地还要给我钱。怎么还会给我钱？我很疑惑，但想着老师破格录取，还不收学费，正是求之不得！于是我不假思索就答应了。

私人学校开在茂名路巨鹿路口一家沿街铺面的三楼。每周周一至周五下午上一个小时的课。为了这一个小时的课，我得从横滨桥乘有轨电车到

北京西路泰兴路下来，再步行穿过南京西路、威海路、延安路赶到学校。下课后，再反其道赶回去，往往暮色中才赶回剧专。这时，我的好友林幼光已帮我从食堂买好饭菜放在宿舍里，冷饭冷菜，不管是否难以下咽，我只求肚子填饱。

舞蹈班上男女生的比例就如同芭蕾舞台上一样，永远是阴盛阳衰。舞台上，往往二十五、二十六只天鹅对一个王子。我们舞蹈班上，男生只有三四个人，女生人数要多得多。男生中，不乏经常缺课的，只有我是铁杆一个，雷打不动，风雨无阻，一堂课也舍不得丢。

把杆上的动作是十分枯燥的，每课都要重复做些固定的练习。但是我只要扶上把杆，立刻就沉醉其中，当我做对做好了那些高难度的新动作时，成就感油然而生，感到通体舒畅，惬意极了，盼望着跨越下一个高度，可这时老师却叫大家站立好，下课了。我恨不得这课一直上下去，那才过瘾呢！

师母勃兰诺娃，四十多岁，是位极有个性的女性，她很少展露笑容，脸和身躯都瘦瘦的，走起路来肩和胸板板的，纹丝不动。我始终记得，第一次去上课，课间休息时，师母特地走到我面前，边比划边说："Strong！"这个英文单词我是懂的，可我不能领会她这样连说带比划是什么意思，便站在那儿发愣。她又用手掌拍胸，对我说："Strong！"这时我明白了，她是认为我不够健壮。于是我也答应着："Strong！"不料，她突然极为利索地趴在地板上，连续做了好几个俯卧撑，示意我要加强锻炼。那时我十六岁，大骨架、高个子，可身上却没多少肌肉。跳芭蕾的男演员需要强健而优美的双腿，站直了并拢双脚，大腿中间不露缝隙，这才算

合格。可我的腿间却可以插进一个手掌，这成了我的一大心病，总想胖，可就是胖不起来。在家时，母亲看到我系皮带就发愁。遗憾的是，若干年后，当我双腿长得很漂亮的时候，老师却随在沪所有的俄侨返回西伯利亚了。

二十世纪五十年代初，老师经常组织我们演出《金鸡》《天鹅湖》《阿尔米且之阁》等舞剧，主角当然是他们原舞团的台柱，我们几个中国学生只是跳群舞而已。一次，老师通知我去领取报酬，此时我才懂得老师当初吸收我入学时说不收钱还要给我钱的由来。我第一次从事艺术劳动得到的报酬是八万元（旧币制），相当于人民币八元。我花四万元买了双黑皮鞋，放在宿舍里，谁想穿就穿，再为自己买了支钢笔，其余剩下的钱请要好的同学吃冷饮。

我有位指定的舞伴，是位体态发胖又欠缺控制能力的俄罗斯大姐，根据我的体力，不要说托举凌空，就是捧住她的腰部离地两寸，都是困难的事。当时真是一筹莫展。幸好，此时著名的芭蕾演员胡蓉蓉从香港返沪了。老师塞珂尔斯基让我和她合作，配合起来就好多了，老师还特地为我们排了一段真正的双人舞《牧童与村女》。遗憾的是，后来剧专要排实习剧目《战斗里成长》，我演赵石头，这可是正正经经的学业，不参加是要扣学分的。权衡之下，我只好放弃热爱的芭蕾了。

学芭蕾是我学戏生涯中一段美好无比的插曲，同时也在潜移默化中帮我奠定了戏剧表演的形体根基。后来我演外国戏，那种欧洲人的形体姿态，举手投足间流露的贵族气质，自然和谐中流动出的高雅美感，于我仿佛是与生俱来的。

第三篇章 初涉上海话剧舞台

进入上海人艺的头几年，尽管我有过成功，但是我的自信却是随长随落。我“忐忑”着演出一个个角色，间或也听到一些肯定与赞扬的好话，可是总的说来觉得很累，很少有轻松的感觉。直到出演《日出》和《万水千山》获得成功，我才感到腰杆挺直了。

我的青年时代，1954年拍摄于上海。

演艺生涯中摔的“第一跤”

1951 年，临毕业的学期，本来我们将在朱端钧先生指导下，以《在新事物面前》作为毕业公演的，却因为种种原因搁浅。全班同学都提前毕业，加入了学校新成立的戏剧工作团，由熊佛西校长和杨村彬先生任正副团长。

那年春天，杨村彬和王元美老师夫妇二人，从苏北军区风尘仆仆赶回上海，并带来了他们合编的新戏《新沂河蓝图》。多数同学在新戏中演群众角色，而我却被选中去演工程指挥部里一个吃不起苦而闹情绪的青年技术员。在众多男同学中获此殊荣的仅有罗森和我二人。同台的还有沈扬和项堃两位名演员，他们是熊佛西校长和杨村彬先生早年的学生，因此我也就更加感到荣耀。

我在剧中扮演的测量工程队的技术员，一开始看不起工农，后来在现实生活的教育下幡然悔悟。剧中有一段难度较大的所谓激情戏，我排练了多次也出不来，不是过于平淡就是硬挤感情，一直也没演好过。还有一次我因为碰翻了道具，差一点连台词也忘记了。这时村彬先生亲切地启发我、提醒我：不要被激情戏吓住，不要急于求成，慢慢来。

他还耐心地帮我分析人物的心理活动，帮助我深入体验人物的思想感情。几天后，有个星期日日场，也许是我不自觉地摈弃了杂念，没有强制自己去培育感情，反而一步步地进了戏，演到激动处，一股抑制不住的悔恨之情涌上心头，情感一下子迸发了出来，声泪俱下，不能自制，演出真情实感来了。这场戏演得酣畅之极，散戏后，杨村彬和王元美两位老师满面笑容地来后台找我，并嘱咐我："好好体会，巩固下来，不要丢了。"

可惜，那种酣畅感如同点亮灵感的萤火虫，悄然而至让我欣喜若狂，忽然又不见了踪影让我辨不清方向、怅然所失。那时的我虽演过几个戏，有些戏也获得了好评，但因为在剧专读书时临近解放，时局动荡，没有学好基础课，有些先天不足，以致后来我常常胆怯，演剧神经脆弱得很。自信不足的我，努力地想加快脚步，却往往因盲目跟从理论而误入歧途。

1952 年秋，我所在的戏剧工作团并入华东话剧团，后又并入上海人民艺术剧院（1995 年，与上海青年话剧团合并为上海话剧艺术中心）。人艺分为两个团，我属于二团。能成为上海人艺的一员，我非常高兴。这是一个没有偏见、艺术气息浓郁的地方，每年有新的计划，大多数演员都有戏可演，不用担心坐"冷板凳"。

那个年代崇尚学习苏联，话剧界首当其冲，斯坦尼体系几乎统治一切。我在剧专时，一进校门就听高年级同学说，一定要学好斯坦尼，否则是无法演好戏的。教师教学又多以体系作纲要，在学生们心中斯氏体

系是完美无疑的了，我当然也是奉若神明，暗下决心一定要学好它。不过，斯坦尼体系对当时的我而言，是一门高不可攀的大学问，既神秘又空灵，有些抓不住摸不着。

终于有一天，苏联方面派了莫斯科艺术剧院的专家列斯里导演来沪讲学，这是当时能派出的最高专家了。莫斯科艺术剧院是斯坦尼拉夫斯基亲手创办并多年经营的著名剧院，其体系就诞生于此，这也是我们心目中近乎神圣的地方。列斯里导演看了我们这边的戏后连续做了几次演讲。我是带着极大的解惑的愿望去听演讲的，却带着更多的迷雾回来的，斯坦尼体系在我心中更加迷离、玄乎其玄了。有着这样困惑的不只是我，还有不少老演员。一些苏联专家来华以后，傲视一切，不少曾经有过突出表现的老演员，被批得体无完肤，左也不是、右也不是，更惨的是把最最珍贵的轻松感和随意性破坏殆尽，几乎不会演戏了。

我进了上海人艺后，也被要求学好斯坦尼体系。一位导演参加了苏联专家主讲的以形体动作线为创作方法的学习班，回来后就想在《蜻蜓》的排练中实践一把。分配我的角色是女主角蜻蜓（陈奇饰）的男友，标准的爱情小生邵塔，戏不多，可分量颇为吃重。剧组事先讲得明白，排练过程中觉得哪位演员不能胜任可以随时撤换，导演掌握全部的生杀大权，这当然也是向苏联学来的。同时推行的还有完全苏制的作息时间，上午十时起床早餐，排练到下午四时午餐，晚上演出后再美美地吃一顿丰盛的晚餐，可这种洋习惯中国人很难适应，推行了没几天就草草“收兵”了。

据苏联专家说把形体动作像珍珠一样串联起来就能把戏演好。出于对

斯坦尼拉夫斯基体系的遵从与信赖，《蜻蜓》这出戏的排练大家都极其认真，带有学术研究性质。但随之出现了一个问题：大家都没有吃透。排练时，导演要求演员做大量的案头工作，台词写一边，动作要写在另一边，可以一目了然，相互参照，我自然诚惶诚恐完全照做，作了许多笔记。对词的时间也安排很久，对词时脑中必须想这时潜台词该是什么。有时还得判断，对还是不对。导演又事先讲好，会随时提问。我一边对台词，一边提心吊胆怕回答不准确而出洋相，精神一直处于紧绷状态。

整整五六个月的排练时间，我感觉始终不好，走上排练场就不知所措，连随便走走位都极不自然，很僵硬，似乎每走一步路都有内心独白可挖，每一句话后面都有丰富的潜台词。当时也真傻，对一切信以为真，事事照办，如果能像组里另一位演员那样，你说你的，我演我的，也就应付过来了。

事隔多年之后，我才逐步明了，所谓潜台词、内心独白之类，哪里有这样繁琐，那是一种感觉，也许可以写出千言万语，但作为想法，只出现一刹那。可惜那时我就是执迷不悟，于是最最担心的事发生了，我被撤换了。按条例规定，撤换演员名正言顺，但当时上海人艺真正获此“殊荣”者仅一二人而已，我便是其中之一，等于被宣判了一次死刑，打入了另册。当时的失落可想而知，令人羡慕的爱情小生，害我如此痛苦一场，这是始料未及的。

撤换下来以后，我躲进了医院，做了本该开刀的扁桃腺手术。从医院出来后，我不得不参加下厂巡回演出队，却也是因祸得福。频繁的拆

台装台、繁忙的排练和演出，让我无暇再去想什么斯坦尼，反倒抛却了杂念，找回到了原来的表演状态。我从“自我出发”，不靠什么“动作”“方法”，去演一些我所熟悉的青年角色，轻松自在。在一出名为《扩社的时候》的开锣小戏中，我演一个农村青年，其中的一段话，因为我内心的潜台词表达得准确，取得极好的效果，审查时得到了艺委会的赞扬。我不断自我激励：不要沉沦，要奋起啊！半年的巡回演出，不但抚平了我内心深处的创伤，更让我燃起希望的火苗；我不但找回了原来的活力，还在表演上有了新的收获。

冷静下来再思考《蜻蜓》这件事，我发现主要问题在于没有吃透斯坦尼体系，过于急于求成，丢掉了自己青春年少的本色优势，丢掉了有把握的表演习惯，如果不那么生搬硬套，顺其自然也许更好些。这事也使我觉醒：演员这职业冷酷无情，可比性太强，不进则退。实践经验教会了我：要闯，要以我为主、我行我素，要走自己的路。

《日出》让我挺直腰杆

进入上海人艺的头几年，尽管我有过成功，但是我的自信却是随涨随落。我“忐忑”着演出一个个角色，间或也听到一些肯定与赞扬的好话，可是总的说来压力很大，很少有轻松的感觉。直到出演《日出》和《万水千山》获得成功，我才感到腰杆挺直了。

1955 年，上海人艺排演曹禺名作《日出》，聘请应云卫来执导，院方派出了老演员中的最强阵容，为了提携青年，也让严丽秋、熊雪岑、谢德辉、姚明荣和我进剧组。

当年《日出》的排练是剧院业务活动中的一件大事。在剧中，我扮演胡四。虽然兴奋，跃跃欲试，但也是诚惶诚恐，我还没有完全摆脱《蜻蜓》事件所带来的阴影，而且底气也不足。当时我唯一的资本就是曾经见过一两个演京剧旦角的男演员。胡四该是什么样，我却心中没底。

胡四在剧中并不是什么大角色，而且谢添、韩非、吕玉堃、王豪等前辈艺术家都有过精彩的演出，给人留下深刻印象，可惜我没看过他们的演出。幸而，不少看过或演过《日出》的同志们热心地告诉我：韩非演得

很灵活；王豪演得“帅”，“帅”得一些四川地痞流氓真的找上门来；吕玉堃的一条手绢玩得非常漂亮；谢添则坐在沙发上懒洋洋地梳头，梳子掉在地上，看了半天也不去拾，他借助一把小梳子，演出了他的“懒”。哦！原来这些前辈艺术家都在这个人物身上倾注过心血。了解这些，虽让我感到压力，但最主要的是：使我开了眼界，打开了思路，知道该从何处下手了。

应导主张内心体验与形体设计并重，他为陈白露首次出场精心设计的形体动作十分完美，历来为不少话剧团体所采用并被奉为经典。对胡四这个角色的出场，应导也做了精彩的设计。

第二幕开始，顾八奶奶多次向人提起胡四，在观众中造成声势，以极大的兴趣期待这个人物登场。接着，舞台中央的双扇门大开，胡四被顾八奶奶强拉着出场。但他没有一下子就进门，而是和顾八奶奶拉拉扯扯。观众刚看到胡四的一只手臂时，胡四却挣脱着逃走了，未能得见其人，这就更引起了观众的期待与好奇。因而也使他的出场充满动感又异乎寻常。对于胡四第一次出场时服装的色彩和样式，导演也有严格的要求。

胡四上场不久便潇潇洒洒地脱下深枣红马裤、呢中式夹大衣，长度拖到脚背，里边是一件翠苹果绿花缎子面的长皮袍，头戴一顶与大衣一色的鸭舌帽，给人以古里古怪、不伦不类的感觉，引得观众忍俊不禁，闹了个满堂彩。这个效果，应导早就预料到了。他事先就要求服装师设计一条几乎及地的长丝巾。关照我，大衣和围巾要捂得严严实实，不能透露内里丝毫。当时为了节约，那件大衣是用一件旧直贡呢大衣染色后改制的，裹在身上很紧，要遮住里边的翠绿皮袍，还真得倍加小心。而这种遮遮掩掩、扭捏作态，又正适合人物的需要。经应导设计的胡四这个人

1956 年，《日出》剧照，我饰演胡四——一个游手好闲、矫揉造作的小白脸，孙景璐饰演翠禧。

1962 年，我在《日出》中饰演的张乔治是一个假洋鬼子，官僚。

1959 年国庆十周年的庆贺演出，《日出》剧照，左起：陈述、我和马骥。

《日出》第三幕剧照，我饰演胡四。

话剧《日出》剧照。左起：费霞南、孙景璐、夏天和我。

1956 年的《日出》留下很多珍贵的剧照，都是应日隆拍摄的，右一为高重实。

物在整个第三幕不断出彩。

排练中，我得到了不少同志的鼓励，但真的获得其“天下第一美男子”的感觉，却是在结识某位年轻的男旦演员之后。说起来还得感谢高淬同志，是她特地把这位演员带到剧院来让我有所接触。在这之前，早就听说在慰问解放军的宴会上，这位旦角演员掏出粉红色手绢扭捏作态。果然眼见为实。他坐在草地上一顾一盼，不时变换姿态，似乎总觉得有人把他当成艺术品欣赏，随时都有摄影机在瞄准他，因此不断地向人们展现自己的美。他深深地沉醉其中不能自拔，这迷迷茫茫的眼光，不正是剧本提示中说的那种黯然销魂的神态吗？原来生活中确有像胡四这样的人啊！再演起来，我的胆子就大了。

那时，副导演仝洛同志特地从京剧院请来范叔年老师教京戏《坐楼杀惜》。张通同志组织院里的京剧爱好者演出《打茶馆》，我这个从来没接触京剧的人也被破例吸收，唱、做、念稍加训练，还居然唱出了响亮的水音。通过这些活动，帮助我从各方面接近角色。

根据同志们提供的材料，结合自己的理解，我对胡四的形体动作也有了一些想法。第二幕与方达生见面时，胡四上前施礼。我设计他边低头边后退、掏出手绢掩住嘴角嫣然一笑的动作。这一整套类似戏曲程式化的动作，借鉴了前辈演员的舞台实践，并化作自己的东西呈现出来，就像是几种食材经过厨师的特殊烹调，炒出了一道独具特色的菜来。

第三幕，胡四到宝和下处逛妓院。我踩着小碎步一阵风似的上场、走进门后在屋内四处看看，吐出嘴里含的牙签说：“好大的味儿！”可又稳稳当当地坐下了。这里有剧作家的舞台提示，也有我自己的设想，但是

借用京剧的“急急风”上场却是应导出的点子，这一组动作配合到一起，以显示他的自我卖弄和自鸣得意。接着，盛怒之下、胡四要打小东西，我设计他高高举起空心拳头要打，可又轻轻落下，突然拧腰转身大摇大摆地下场，引起观众强烈的反响。

我记得曹禺同志多次提醒《日出》中服装的重要性，要让人物穿在身上合身得体。胡四的衣服要让胡四自己觉得美，非如此这般穿才行。为了更靠拢角色，获取一些“美”的感觉，我还特地以高昂的价格买了件深玫瑰红的西丽绸衬衫。上班路上被应导看见了。进了排练场，他对我说：“刚才我眼睛一亮，一看原来是你。好神气！对，你就这样大胆些！”

演出时，我的许多台词和动作都得到了喝彩声，哪怕随便站站坐坐也能引起观众的强烈反应。经过观众的检验，我也更加明白应导精心设计的用意。现代市场意识的演出理论中，非常强调把握观众的审美情趣。其实我们老一辈的导演早就这样在实践了，应导是其中的佼佼者，对于观众的看戏心理，了如指掌。《日出》中的每个人物该有什么绝招，什么样的彩头能引起观众的兴趣，怎样吸引住观众深深入戏，他事先都做了精心的考虑。

在整个排练过程中，除了阶段性的做些总的提示外，应导平时绝不责难演员。排练时，他从不示范表演，只告诉你该怎样做，让你自己去发挥。他也不过多打断演员，只是在一旁轻轻击掌，以掌声的轻、重、急、缓来提醒演员改变节奏。据说这是传统的中国方式，当年应导在重庆为一批业绩显著的著名演员排戏就是如此。因此，在他的手下参加排练，全然没有压力，始终是舒展轻松的。

这次的排演，应导给我上了终生难忘的一课。胡四是我塑造的第一个独具特性的人物，演出后，为同行和观众们所接受。这次颇具挑战性的体验，也为我后来敢于尝试扮演各类角色打下了基础。

1962年，我又参演了《日出》，这次演张乔治。在这之前，乔奇、王健、陈述等好几位同志先后成功地扮演过。从他们身上，我汲取了很多营养，同时我也很希望能塑造出一个较有自己特色的"张乔治"来。于是，我做了一些设计，比如：在语言上多下功夫，台词说得流利动听，夹杂的几句英语、法语念得准确流畅，再利用学过芭蕾的优势，注意形体和造型，身穿燕尾服在借酒装疯等处显出帅和酷的风韵。

然而，让人沮丧的是，无论我多努力，演出时总感到不对劲，与所设想的状态总差那么段距离。直到一个偶然的时机，让我进入一个新的境地。那时是话剧的黄金时代，演出日程安排得非常紧。每星期七场戏是固定的，只有星期一才能休息一天。春节初一到初四，每天甚至日夜两场。大约是年初四的晚上，接连八场戏下来，我身心俱疲，没顾得上多想就上台了。谁知竟出现了奇迹，平时积累下来的点滴体会感受一下子都汇集在一起，自然而然地流淌了出来：恰到好处的停顿，语气上突如其来的真切变化，适度的分寸感，以及忽而眯起眼睛的逼人而又轻蔑的目光等等神态，这些都贯穿了起来，让我感觉和人物融洽地交织在一起。

回过头看，反倒是劳累让我不经意地去掉了平时演出中那些多余的东西，那种大声说台词，急于体现对人物的设想，甚至精心地去演某些自以为得意之处。这次的意外收获，使我懂得了演戏不能过分复杂化，上场人物要单一、自然，随便的状态中更容易入戏，更便于与对手进行较为真

实的交流；也使我懂得了表演是一种自然流露，不能硬性强迫自己去重复，要小心翼翼去触动内心中那些细致入微的变化，要为自己能全身心地投入角色创造条件。

成功塑造了《日出》中的两个角色和《万水千山》中的赵志方后，我那一直飘忽不定的心终于落地了，并扎了根。上班时走进剧院大门，心情欢愉轻松，似乎任何困难都不在话下了，这种十足的自信，就像是一个人有了足够的钱，在街上可以随便见什么就买什么，而没有后顾之忧，不必担心家中下半月的开销怎么办。这种感觉多么美好！戏再重再难也不觉得有压力，时不时地涌现出许多灵感。

第四篇章 半个多世纪的舞台艺术路

我自己从青年时代起，就向往着成为一个能扮演各色人等的、有塑造能力的演员。几十年来所做的种种积累，无一不是对准这一目标的，宁愿戏过火点也要着意演出人物来。

村彬先生的关爱和佐临院长的提携

我十六七岁时，人又黑又瘦，没有什么特别的，在一群较为成熟的学长中，我显得太稚嫩，信念感不强，所以表演基础打得并不扎实。后来跟我成为老朋友的导演史蜀君问我："你是怎么冒出来的呢？"我告诉她："我要感谢杨村彬先生，是他帮我'踢'出了漂亮的'前三脚'。""第一脚"是演一个农民，当时就是小戏片段，其实我根本没有农民生活的经验，也演下来了，得到了他的认可；"第二脚"是《战斗里成长》中的"小石头"；"第三脚"是在《新沂河蓝图》中演一个测量工程队的技术员，这个角色是把别人换下来后把我替上去的，无形当中也给了我很大的鼓舞。现在回过头看，"冒"之于我其实是个很漫长的时期，经历了不少波折起伏，不像如今有很多所谓的"小鲜肉"一下就冒出来了。不过即便现在的"小鲜肉"一下子大红大火，能凭气质、演技冒出来的并不多。

在上海剧专时，村彬先生做过我们的班主任。我到了上海人艺后，村彬先生也转入人艺，在之后的二三十年里，我跟他合作的戏有十部之多。我很喜欢跟他一起排话剧，在我遭遇瓶颈时，表演上出现问题时，只要再到他身边合作一次，就会又回到良好的状态。其他演员也会有

类似的感觉，在他的身边演戏，不觉得怎么吃力，不知不觉就完成了。连乔奇这样的老演员都感慨：奇怪了，只要他坐在那里，大家就能出戏，下午换个副导演，戏就不行了。村彬先生就是能凝聚起一个力量，撑住整个戏。因此，村彬先生早年就有“回天”之称，什么戏不行了，到他手里就能“起死回生”。记得 1964 年，一位工人剧作家写的关于工人家庭的戏《一家人》被搬上舞台，起初排练并不太理想。之后村彬先生又重新整理了一遍，经过最后六七天的“背水一战”，在华东会演时，6 场戏 6 个闭幕，每次都掌声雷动；紧跟着又去北京公演，演出都非常轰动。可见村彬先生熟谙观众心理，很好地把控着戏剧的节奏，一次次拨动了观众的心弦。

我对杨村彬这位老师非常感激，一生当中能够遇到这样一位给我启蒙的恩师是一件十分幸福的事情。还有一位我非常感谢的恩师是黄佐临院长。

演完话剧《日出》后，杭州邀我出演《秋海棠》，许多演员以此戏成名，对我极有诱惑力。但副院长吕复阻止了这次外借，并安排我参演《万水千山》。

《万水千山》是一部由一百多位演员参加的大戏，当时是一九五七年院里的重点剧目，也是“八一献礼剧目”。演出场地搬进文化广场，每场观众达六千人，被黄佐临院长称为宽舞台话剧。黄院长作为导演此时方正式参加进来。全院所有的老演员名演员都在该剧里跑龙套，而黄院长却大胆起用我演两个主要人物之一的红军营长赵志方，相当于如今的二号主演。

1983 年，《伪君子》彩排满台欢笑，杨村彬、黄佐琳先生与全体演员合影。

这一大胆的决定使全院上下大为震动，我当然也知道此中的分量，这是一次巨大的考验，“性命”攸关，如果败下阵来，以后在话剧舞台上可能难有一席之地，要花多大的代价才爬得起来。可是想到导演敢担风险启用我，对我而言无疑是一次培养，关键在于我敢不敢演，这关系到我今后的前途。

那时不管是演员力不从心还是政治原因，撤换演员是家常便饭。这一做法是打苏联专家那儿学来的。可是黄院长他绝不从演员开刀，没有调换过一个演员。在排练中，他对主要演员倍加爱护，不多提要求，而是旁敲侧击地精心提点。如某演员说话太快，他就会说：“别像机关枪呀！”另一位演员在北京长大，乡土音重。他说：“你怎么像保定人吃面条，连吃带喝的！”这位演员由此领会了生活中与舞台上语言吐字的差异。而其他人对照自己也从中获得受益。

黄老的排练风格与他的讲话和为人一样，不成熟的话他绝不会对演员说。不像有的导演对演员提示很多，可是一星期后提示又变了。黄院长深知一个导演与一个剧院领导人的一言一行，对青年人会起到多么大的作用，所以他总是耐心地不遗余力地引导一批又一批的演员走向成熟，走向成功之路。二十世纪五十年代起投身话剧舞台的演员，都从他那里得到莫大的提携和关怀。

排练《万水千山》时我感到压力很大，同时也产生了跃跃欲试的自信心，这信心正是黄院长决定角色后使我逐渐建立起来的。因为带着几分险就一定会全力以赴。不过，我再怎样努力，这棵苗毕竟是稚嫩脆弱的，排练中黄院长也许是感觉到了这一层，他很少直接对我提出批评，连要求

也不大提，小心翼翼地维护着我的信心。不过，我从他对别人的指示和意见中，自然而然地意识到了自己的问题。

刚开始我觉得能通过就是胜利。但我慢慢也开始问自己：与其平平而过，为何不大胆地演，闯出自己的路子？当时，我选定第三幕作为突破口。新上任的赵志方指挥抢渡大渡河的准备工作，可是天不帮忙，雨越下越大，抓来的俘虏也欺负他，不肯说实话，只有十九岁的赵志方沉不住气了，指天骂地极不冷静。我着力演他的年轻、急躁、自信、忘我，甚至出自己的气，饭都不肯吃。我演的这位红军指挥员不那么循规蹈矩，而是毛毛辣辣，虎虎生气。

后来前线话剧团的同行们看了后评价道："严翔演的赵志方有火气，新官上任三把火，烧得好。"这也使我更自信了，相信能胜任更多的角色。

演完《万水千山》以后，虽然很少有机会在排练场上得到黄院长指教，可他又从其他方面给我很大的鼓励。

记得 1957 年排练苏联名剧《铁甲列车》片断，此剧除中国籍红军战士吴兴外，其他人物全是苏联人，黄院长看完连排后问大家："角色是怎么派的？就严翔一个像外国人，可你们却让他演唯一的中国人，不是给自己找麻烦吗？"他征求了我的意见后，当场决定由梁大成演吴兴，我去演一个群众。

当时，他还特地转过脸，对坐在旁边的丹尼老师说："他像德国贵族。"这句话令我振奋不已。实际上是给我指明了一条戏路，一个方向。果然不出所料。两年后，他让我在席勒名剧《阴谋与爱情》中演男主角菲笛

1957年，我在《万水千山》中饰演红军营长赵志方。

1963 年《茶花女》中我饰演的瓦尔维勒公爵与阿芒（俞洛生饰）对峙。

1959 年，《女店员》剧照，左起：李守蓉、王频、我（饰演魏默香）、高淬。

1966 年，话剧《焦裕禄》中焦裕禄（梁大成饰）和我饰演的老贫农牛正行。

我在老舍名著《女店员》中的剧照，正是这个角色的造型成为多年以后我饰演郭沫若的版本，左为高淬。

南克。虽然这个戏因国庆十周年的重要演出而没有排成，但我仍非常感激他对我的关注。

1960 年，我被借到一团演《悲壮的颂歌》中的烂木头瓦列里克，这是第二次与他合作，整个的排练过程中他对我扮演的角色只说过三句话，但使我惊讶的是，把这三句话串起来，整个角色的骨架就立起来了，可谓一句顶一百句了。其实他的寡言也是一种信任，让我自己动脑子去想，留给我充分发挥的余地。

1961 年我们二团演出了《中锋在黎明前死去》。剧中有一个以收藏优秀人物为乐事的十分荒唐的大资本家，他收藏了几个人，一个是演哈姆雷特演得最好的演员，一个是跳舞跳得最好的女芭蕾舞者，一个是整天幻想发明炸弹的老科学家，一个是力大无比的野人。还有一个角色是在街头述说故事的流浪者，演这个角色的演员是梁大成，他演得很风趣，有哲学家的逻辑又有幽默的语言，配合台上的演出，是一种新型的演出形式。

此剧彩排很成功，带着兴奋的情绪，第二天一早我便去排练场练功，那时剧院里还没有什么人。过了一会儿，黄院长来到我们二团，他神采奕奕、春风满面地向我走来，直截了当地告诉我，为纪念莎士比亚诞生四百周年，院里决定排演《罗密欧与朱丽叶》（曹禺版），罗密欧与朱丽叶分别由我和王频扮演。黄院长让我转告团长：不要安排我和王频演新戏了。他还告诉我，表演找丹尼，台词找沈扬。黄院长亲自向个别演员宣布角色，这还是第一次，并一再嘱咐，可以自己先准备起来了。企盼多年的角色突然降临了，当时我顿感热流充溢全身。事后想了一下，为何黄院长当时如此激动，一大早就迫不及待地来宣布角色？这一方面是缘于黄

院长他对莎士比亚戏剧的热爱，另一方面在于他思维的敏锐，在看《中锋在黎明前死去》时，他就觉得把哈姆雷特、芭蕾舞者、流浪者、奶妈四个角色的扮演者放到《罗密欧与朱丽叶》中去是很适合的，就迅速下了排戏的决定，除了我和王频演罗密欧与朱丽叶外，梁大成扮演墨古修，扮演奶妈的程素琴依然扮演《罗》剧中的奶妈。黄老就是如此知人善任，看到某个演员的表演中有个"火苗"，显示某种潜力，他就会给你机会。这也是为何他带过的剧团出了那么多优秀演员、人才济济的原因。

对于罗密欧这个角色，我心中孕育了三年之久，不断想象他的出场，他的独白、对幽丽叶的表白，却从未进入排练，各种原因，一再拖延，最终整整准备了三年也没排成。虽然非常遗憾，却也是无可奈何，不过不幸中的幸运是，筹备的过程为我们提供了难得的自学和向前辈演员学习的机会，这期间在各方面的收获，是在排练场与平时演出时得不到的。

二十世纪六十年代中期，我们这一代人年纪渐大，正当我朦朦胧胧地感到困惑和苦闷的时候，黄院长又一次出乎意料地让我在《焦裕禄》中演那个老实巴交、沉默寡言的老贫农牛正行，并嘱咐蒋超同志："要让严翔破一破"。我又一次感受到这种信任。那么就再起步吧。

从 1954 年底进剧院起，当时我虽也演过几个戏，但由于各种因素，在黄院长手下排戏做演员的机会并不太多。仅《万水千山》《悲壮颂歌》《焦裕禄》等三五部。这当然与当时一、二团之分有密切的关系。但那些年中，我却不断地从黄院长那里得到指点和鼓励。听说，他有一次对其他人说，严翔可以演英国大诗人白朗宁。听到这样的信息，我激动不已。黄院长那双有着丰富经验的眼睛在注视着我呢！我得努力，好好干。

1963 年，我在《茶花女》中饰演瓦尔维勒公爵。

1983 年《伪君子》剧照，
右为费霞南。

1962 年，我在话剧《粮食》中
饰演康辛有，周志宇饰村长。

《中锋在黎明前死去》剧照，左起：袁之远、孙达生、王频和我。

1961 年，我在《中锋在黎明前死去》中饰演哈姆雷特。

三十八年间，不论何时何地，在剧院随便哪个角落见到黄院长，他总是给你一个很随意的微笑，淡淡的，却又是极为真诚、毫无敷衍的微笑。最难忘的是他对演员关怀爱护和培养，剧院的每个演员都装在他心中。知人、敢用、善用，尽量为演员造就机会，尝试去演。“文革”后不断有新人调入剧院，景衡、宋光华、朱云莺刚来，他立即派她们担当重要的角色，任其发挥。一次失败不要紧，并不把人看死，还会有第二次、三次的机会。对于我，他也是如此。我每走一步总能从他那里得到反馈，指引我还可以朝哪个方向努力。因此，当时极易失去信心的我，一次又一次从他那里得到信任感，有了敢去尝试一下的勇气。作为演员只要感受到这种信任，就是一股力量。黄院长对我而言，不仅是院长，是导演，更是我的导师。

2001 年，话剧《良辰美景》中饰演吴一蔗，
这也是我告别舞台的最后一个角色。

上海人艺，我的黄金时代

我们这一代的话剧演员是迎着解放上海的炮声，打着腰鼓扭着秧歌，随着新中国的成立走上舞台的。几位有识之士称我们这一代是“承前启后的一代”。在台上，我有幸与影剧界的著名前辈演员同过台，更为幸运的是，受到过五四以来对话剧事业卓有贡献的黄佐临、杨村彬、应云卫、罗毅之等导演大师的教诲。

我在表演上少走弯路、或是走了弯路而能及早回头固然应该归功于每一位帮助过我的导演，但是，时间最长，受益最多的，还是为我启蒙，对我一贯从难从严的村彬老师。

二十世纪六十年代初由于工作需要分配给我的角色幅度很大，我开始追求人物形象的鲜明，追求性格化，在表演上走过一段不小的弯路。这时村彬先生已正式调来上海人艺，是他通过《年轻一代》《一家人》《电闪雷鸣》等戏的排练使我迷途知返。一个整体，体验与体现不能对立；案头工作固然重要，可是不能过于繁琐，等等。这些我们要为之付过许多“学费”才逐渐领悟的道理，村彬先生经过多年身体力行后直接告诉我们了。他还提醒我们，除了应当借鉴斯氏体系之外，还不能忽略我们

自己也有的宝库，那就是我国前辈导演和演员们的经验和优秀戏曲演员的表演经验。

我自己从青年时代起，就向往着成为一个能扮演各色人等的、有塑造能力的演员。几十年来所做的种种积累，无一不是对准这一目标的，宁愿戏过火点也要着意演出人物来。1962 年，人艺老二团重排《日出》，是我主动提出改演张乔治，导演瞿白音先生充分肯定这一做法，并夸我："是个可塑性很强的演员"。我乐于接受这样的褒奖，很不愿仅仅被评价为朴实自然。我认为自然流畅是每个演员都应该做到的，演员平时应该是海绵，可以吸收各种养分，演戏时应该化作面团，可以任自己和导演捏搓，捏什么像什么。通过演曹禺笔下的周萍、张乔治等人物，塑造人物个性的能力明显增强了，继而又演了荣军战士江志洪，特务陆行美、法国公爵、叛徒温七九、哈姆莱特等几十个角色，我努力使自己成为一块合格的面团，这一时期有机会可以和许多著名大导演应云卫、吴仞之、瞿白音、陈西禾、王啃平、凌琯如等合作，与白杨、张伐、孙道临、张雁、孙景璐、王丹凤以及院内许多名老演员同台演出。

《三剑客》是 1985 年的中国——法国文化交流的重点剧目，分配给我的角色是英国首相白金翰公爵，虽只有三场戏，但是戏份很重。那时我正在拍电影《日出》中的李石清，任何男演员遇上他是绝不会放过的，何况又是部重点影片。经过多方的磋商协调终于如愿以偿，我同时跨入了两个剧组，起先安排得相当好，两头相让，进行顺利。谁知关键时刻却发生了冲突，《三剑客》进入连排阶段，而《日出》的拍摄因有些意外，延迟了拍摄时间，拖拖拉拉弄到下午三时才完，等我赶到排练场，该排的戏早已跳过去了，全场演员眼睁睁地看着我，他们一定在想，你这家

伙谱也太大，连连排都敢迟到。说实话，这样的事我也是出娘胎第一次，只得灰溜溜地坐在角落里，大气也不敢出一声。说来也怪，这种情形似乎是一种催化剂，产生了要改戏的冲动。

法方导演马列夏尔曾多次赞扬过白金汉出场和与安娜幽会的第九、第十场戏，这使我颇为自得。可第十九场是白金汉遇刺身亡的重头戏，原先是按照法国人的那种高昂悲怆大激情的演法，高声倾诉他对安娜的爱情，然后体力不支死去。这种方式总是令人们似曾相识，没有新意。我早就想有所改变，苦于找不到突破口。就在此时，我自己给自己鼓上劲了，何不反其道而行之，把激烈澎湃的情感，化为临终前对美好爱情的向往，而台词则似涓涓流水般地轻柔缠绵。在连排中我就按照这个想法去做了，奇怪的是目的性一强烈，什么顾虑呀，惧怕即兴表演呀，都不存在了，负担也轻了，胆子也大了，一反常态地运用了断断续续的气声，最后声音越来越小，在含混不清的话语中停下了手臂。这段戏因为一反常态以缓代急，以柔代刚，演来十分有新鲜感，越演越来劲，最后用尽全身力气喊出了那句台词："我最后……呼喊的……是她的名字"，再想重新积聚力量，命令达达尼昂立即出发，然而只轻轻做了个手势，面带微笑死去了。法国导演对这样的改变大加赞赏，认为感情细腻，意境优美，我也终于找到了突破口，经过多场演出后，这片段相当有意韵。

这就是说有冲动，才会有创新。只有强烈的表现欲望，才具有成功的可能，这也就是我们常说的表演中的目的性吧。然而这种冲动，这种欲望不能是家常便饭，说来就来，有时在拍摄或排练中已形成较为合适的演法，有时已相对稳定下来，已经得到认可。但是有些偶然的契机所带来的变更，常会更加准确、生动。要善于寻找能有所突破的时机并且抓住

这个时机。遗憾的是，这只能灵光一现、多半是下不为例。

算起来，在上海的话剧舞台上，我呆了将近半个多世纪，演了 80 个不同的角色。我们这一辈人曾经上演过多少激动人们心灵的美好戏剧啊！这期间，我就曾经许多次地经历过她的辉煌。每当话剧响应着时代的脉搏一起跳动时，那辉煌就来到。

1963 年以前，一有新戏上演必然引起极大的轰动，观众为买不到戏票发愁。票板一放就是一星期。售票窗口排成长长的队，三小时内一周的票就全部卖光，我们这些当演员的要买票也得预约，而且在当日的保留票里解决。经常是答应好亲友的票子，临时泡了汤，得赶快打电话通知人家不要来剧场了。而我们这批青年演员真是获得了得天独厚的机会，晚上演出，白天排新戏，不断交替。记得 1959 年青年演员会演，那更是忙得不可开交，还得赶任务，上午排一出戏，下午还得排另一出新戏。我们就像馋嘴的美食家，口中嚼着一样，筷子夹着一样，侍者又给送上一样。正是在这样的时刻，在台上的摸爬滚打中，在一些资历深厚的大师级导演的指引下，我们这辈人练就了作为一个好演员必须具备的素养和应付各种复杂创作环境的能力。

“文革”之后我再次复出，这是一个难得的机会。十年前的年轻伙伴已失去了青春活力，年龄上不具有优势了，大家回到同一条起跑线上，我又遇到新机遇。1980 年，我演《清宫外史》时，问过杨村彬先生，您怎么会想起用我这个四十六岁的人演年仅 19 岁的光绪呢？他的回答只有一句话：“我想让他有思想。”为了演出“有思想”的光绪，我下了不少功夫，也吃了不少苦头。在扬州演《清宫外史》时，台上三个小时下来，我这个“皇帝”已经浑身湿透，可又没处洗澡，只能等观众走完了，在剧场外边的

露天公厕里弄一桶冷水冲冲，抹上一把了事。与现在动不动住高级招待所的优越条件，真不可同日而语了。可是我们这一辈的演员也正是那时在那样艰苦的环境中得到磨炼，艺术事上才有所长进的。

在人艺，我遇到不少真诚、热情的贵人，让我得到了很多机会。除了之前我提到的老师外，还有罗毅之，也让我印象深刻。他是副院长，也是我们二团的驻团导演，好多戏都是他排出来的，各种角色都会让你演，我演过外科医生、北京市井里的小科员以及哈姆雷特、茶花女里的公爵等等。罗毅之导演时，除了位置，开幕的时候调度很频繁，试图把观众抓住，其他的方面他并不多说，给演员很大自由。他给我们演员的机会蛮多。这也给我一个启示，什么戏来了，可以演得不一样，更自由自在地演。还有高重实，是领导艺术部门的，管理所有的演员。他跟我们演员相处得很愉快，给人很亲切的感觉。青年演员会感到，旁边有这么一个人一直在边上关注着你。我跟高重实合作过很多的戏，你跟着他戏走，他就能把你带进去。他还推荐我去朗诵。他的关切和他的帮助是不露痕迹的。很多东西，我都是从他那里潜移默化地学到的。

我要感谢命运之神给予我的惠顾，回首走过来的道路，我确实是幸运的。我实现了我大部分梦想，我的同伴们，我同届的那几十位热爱戏剧、豪情满怀的同学们大多已另就别业，只剩下少数几位仍坚持在舞台上，而我幸运地成为其中之一。

如今，我闭上眼睛，在黑暗的光影中就会浮现出过去人艺舞台上的那些辉煌的亮点，虽然有愉悦兴奋也有彷徨沮丧，但都是生活在话剧艺术的殿堂里的幸福时光。

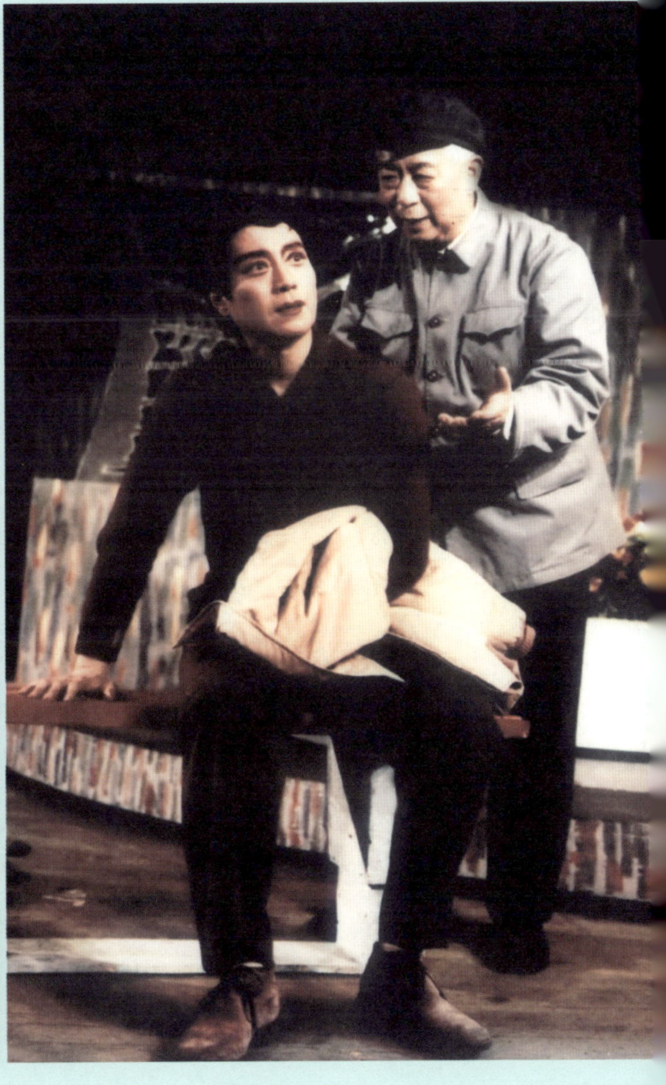

1973 年，我和同事丁铮宜表演男女声二重唱《毛主席派人来》。

1982 年，话剧《上海 24 小时》我饰演许小华，乔奇饰演老工人。

1988 年，话剧《耶稣、孔子、披头士列侬》中我饰演耶稣，魏启明饰演的组织部长。

1984 年，话剧《女市长》中我饰演总工程师黄炎。

上海人艺不但有演出任务，还担负着很多社会文艺活动，这是 1972 年，我在上海中山公园表演独唱的照片。

1964 年，话剧《年轻一代》剧照，我饰演林育生。

话剧《年青一代》剧照，我和武浩（饰演肖继业）。

1959 年，我在话剧《雷雨》中饰演周萍，王频饰演四凤。

1979 年，时隔 20 年我再次饰演周萍，王频饰演繁漪。

话剧《她为什么被杀》剧照。这部话剧曾在多个剧场巡回演出，舞台上我们风光浪漫，实则非常辛苦，那时候地方的小剧场环境都不佳，炎热的天气一场戏下来，我只能去男厕所里面简单匆忙地洗去一身大汗。演员其实是非常辛苦的工作，但对于热爱它的人却是乐在其中。

1981 年，与周量谅一起主演话剧《她为什么被杀》。

1981 年，话剧《她为什么被杀》中我饰演赵伟。

1981 年，江苏仪征巡演，我身后这张非常传神的《她为什么被杀》的宣传海报，出自于县城小剧场的一位美工之手。

1985 年，上海人艺的话剧《三剑客》，是为庆祝中法建交而排练演出的，当时为了这部戏还从法国专门来了一位导演，我们的戏服也都是按照整套法国规制而定做的，非常华丽、精美。

1985 年，话剧《三剑客》中白金汉被刺死之前正在给玛丽皇后写信，这场戏在经过多次的演出后，越加有意韵。

《三剑客》上海首演，曾在法国舞台上饰演白金汉的演员前来祝贺演出。

我在《三剑客》中饰演白金汉，这部戏是我所经历的从舞美设计到布景灯光和服饰道具，无不精益求精的一部戏，也从另一个侧面反映出法国人对话剧的热爱和狂热。

1980 年，话剧《清宫外史》剧照，46 岁的我饰演了 19 岁的光绪，左下为王频饰演的慈禧太后。

2016 年，我以民国时期校友的身份，应邀重访上海剧专横滨桥小剧场。

我在上海剧专小剧场重访中上台讲话。

我情不自禁地跪倒在这片舞台上，这是我一生钟爱的舞台，是我表演生涯开始的地方。

第五篇章 “伪君子”开掘了我的喜剧感觉

《伪君子》的排演确实是我演剧生涯中不平常的一页。若问我最大的收获是什么？我想，正因为我是“被迫”地迷恋进去的，所以也较之往常享有更大的创作自由。

《伪君子》剧照，我饰演善于察言观色、谄媚奉承的伪君子达尔杜弗，左一为周志宇饰演的奥尔恭，右一为费霞南饰演的艾弥尔。

"伪君子"达尔杜弗诞生记

在我的舞台生涯中，有一部戏别有意义，那就是喜剧大师莫里哀的《伪君子》。

1983年，村彬先生选中了喜剧大师莫里哀的《伪君子》。戏开排已一个月，但是对主角达尔杜弗的人选总不满意，那时我刚从外地拍完戏回来，他亲自找我谈话，让我把这个角色顶替下来。我细细一算，除去连排走台和彩排，实际排练并没有多少时间。对于喜剧我是望而生畏，过去三十多年，我从未奢望也没主动想过去演喜剧，何况此次又是这么一个经典喜剧中非同小可的著名角色。我犹豫了，但是我又一想先生决不会贸然地让我演，他必然深思熟虑后发现我有演喜剧的潜力。先生的信任激励着我，和先生愉快的合作关系吸引着我，尝试喜剧表演的诱惑推动着我。我答应了。

为了抢时间，我很快跳过了案头工作的阶段，扎到剧本的台词中去了。可以说，反反复复地练习那大段的念白，成了我接近角色的唯一准备工作。然而，正是这不断的、反复的阅读和背诵台词，使我逐渐理解了其中的含意，领会了字里行间的韵味和弦外之音，从而直接感受到了达尔杜弗的内心活动。他的伪善面貌，他的邪恶欲念，他的狡猾动机以至种

种阴谋手腕，都在台词中找到依据。我仿佛一下子发现了接近角色的“捷径”，顿时信心倍增。

以往，在开始阶段，我总是先侧重于所谓的人物分析，以致使人物形象的创造往往失之于感性。而这次，反复地读台词和感受台词，使我十分自然地从感性入手，理解和接近了人物。这真是一个意外的收获。

对于达尔杜弗这个人物，李健吾先生说过：“有人认为真正的伪君子应当真伪不分，不露作伪的痕迹，不过那样一来，我们就无从确定他是伪君子，戏剧进行停滞，性格反而模糊。”莫里哀本人也说：“整整用了两幕，准备我的恶棍上场，我不让观众有一分一秒的犹豫，立即认清他的面貌。”

因此，要体现莫里哀的本意，所谓的“反派正演”，是绝对不合适的，必须十分鲜明地表现达尔杜弗的恶棍本质，要使他一上场就让观众明白：“哦，这就是前面人们所议论的那个达尔杜弗！”

为了一上来就把达尔杜弗的基本面目一下子“和盘托出”，让观众一目了然，根据剧本，我这样设想他的出场亮相：他手捧圣经，眼皮微闭面部若有所思，完全是一副道貌岸然，不可侵犯的圣徒模样。当他的目光一接触到道丽娜的胸脯时，立即用颤抖的声音惊呼：“哦，我的上帝！”同时，手抚前额，做出惨不忍睹的神情。接着，装着无可奈何地拿出那用来包圣经的手帕，递给道丽娜，恳求她盖上其“罪恶的胸脯”。而他那睁大了的两眼，却趁对方慌乱之际，死死盯住她的胸脯不放，在道丽娜的抗议下，才不得不收回贪婪的目光，又换之以动听的说教。然而，就是在这煞有介事的说教中，仍不时透过指缝，继续偷看对方的胸脯。

然后，道丽娜告诉他，夫人艾耳密尔想单独找他谈谈。他听后露出了笑

脸，踮起脚尖用优雅的步伐忘情地紧赶了几步上前张望，同时用甜滋滋的语调说出：“哎呀，欢迎之至。”此时，他俨然感觉自己将是夫人的如意郎君，有点飘飘然，失去了常态。艾耳密尔登场了。达尔杜弗当然不会放过这天赐良机，立刻把美丽的女主人恭维了一番。可是在喋喋不休、得意忘形之际，竟说溜了嘴：“上天的这种恩典，绝不是我的祷告所能为力的……”狡猾的达尔杜弗马上意识到在夫人面前过分赞美上帝对自己并不利，于是他来了个急刹车，在一个短暂的停顿之后，以非常真挚而又朴实的语气轻声说出：“不过我没有一次祷告，不是恳求上帝，早日恢复您的健康的。”这就得到了夫人的好感。当达尔杜弗见夫人笑脸相迎、破格接待时，以为好事将近，情不自禁地转到夫人身后，张开双臂，蠢蠢欲动，并不由自主地说道：“珍重您宝贵的健康，也就无所谓过分不过分了。”但他又突然意识到这样做还为时过早，所以停顿了一下，迅速审视周围的环境是否安全，然后才不露声色地说完了下半句话。在以上这段里，我用了两个停顿：前一个停顿，是插入眼神的运用，以一种生活中瞬息之间的、不易被人察觉的眼神的扫动来刻画他的伪善多变、奸诈诡秘。这段出场，前后不到三分钟，但它的成功与否却关系到能否让观众承认你就是达尔杜弗。也只有使这个亮相取得一目了然的效果，才可能顺流而下，一气呵成，创造出一个完整的达尔杜弗的形象。在一次排练中，我曾有意识地注意到，好几个同志露出满意的微笑，我这才感到有了几分把握。

假虔诚、真伪善，是达尔杜弗的核心，因此，他善于察言观色、揣摩人的心事，以便投其所好、变换言语，达到自己不可告人的目的。可以说，变，随时随地地变，乃是他的基本动作。他就是靠这种“变”，阿谀奉承，骗取了男主人奥尔恭的信任，公然向女主人调情的，可偏偏在这时被夫人的儿子大密斯偷听到，并向奥尔恭和盘托出了。奥尔恭开始时将信将

1983年，在莫里哀的名剧《伪君子》中，我饰演达尔杜弗。

疑，但又被妻子巧妙地证实了。眼看灭顶之灾就要降临在达尔杜弗的头上。他十分意外，一时不知所措。但他那恶棍加流氓的本性决定了他决不会认输，而要竭尽全力地挽回残局，进行反扑。这是全剧的关键之处，人们都怀着极大的好奇心，注视此时的达尔杜弗，看他怎么办？

这里，作者的台词写得非常精彩，导演在调度上也安排得很好。当奥尔恭向妻子、儿子了解情况时，始终让达尔杜弗背身而立，观众只能从他的背影上隐隐约约地看到他的反应。

然而，这段戏在刚开始排练时，显得平淡无奇，我更多的是照本宣科，总感到缺少了点什么。为此，我非常苦恼。村彬先生提醒我道："当奥尔恭昂首问天'天呀！我方才听到的话是真的吗？'这时你的潜台词应该是：'好，我也拿上帝做文章。'"一语中的，我立即领悟到达尔杜弗一直是打着上帝的旗号欺世惑众的，要使奥尔恭继续信任他，要摆脱目前的困境，也只有再次搬出上帝。

于是，我抓住一种："上帝与我同在"的"神圣"感觉，在奥尔恭话音未落之际，猛然一个转身，声音也同时出来，大声地承认："是的，我的道友！"然后一躬到地，庄严、肃穆甚至带着自我牺牲的味道。此刻我才理解，为什么导演在这之前一直让我背身站着。原来，此时的一个猛然转身，可以起到先声夺人的突变效果，能一下子吸引剧中人物和观众的全部注意。接着，我又在台词和表演上竭力渲染"上帝"的意识，一口气道出：我是坏人、罪人、可恨的无赖、最大的败类等等七八个罪名。尔后，又一声不响，异常"虔诚"地转首望天，似乎在刹那间见到了上帝，"我看上天有意惩罚我，才借这个机会考验我一番"，说到这里，我似乎领悟到了上帝的意旨，忙不迭地划完十字、低下了头，诚挚而又哀痛地说，"别人加我以罪，罪名即使再大，我也不敢高傲自大、

有所申辩。"同时，不停地偷眼窥测奥尔恭。每演到此，扮演奥尔恭的周志宇同志总与我配合默契，痛苦地丢掉手杖，以示疑念的动摇。于是，一个刚做了坏事的骗子，反倒获得了同情和敬重。

达尔杜弗好不容易转败为胜，按说该就此收兵了。然而，并不。他还要利用这个机会进一步把奥尔恭紧紧地捏在自己的手里。三幕结尾前，奥尔恭盛怒之下赶走了儿子，答应把女儿嫁给达尔杜弗，并要在当晚就举行婚礼。连续的成功，使他证实自己的武器——"假虔诚"很灵。他虚伪地表示，宁愿自己受苦受难也不愿给奥尔恭的家庭带来纠纷，他为了表现自己经受不住这场羞辱，煞有介事地要去死，还说只有自己出走，去独自忍受煎熬。我为渲染他这种种假虔诚和所谓愿为友谊而献身的牺牲精神，忽而呼天喊地、悲痛欲绝地喊道："我相信，我一定会因此而送掉性命的，我气得连话都说……说不出来了。"；忽而又完全哽咽住，让声音从嗓子眼里轻轻地擦出来、似乎虚弱得连说话的力气都没有了，而且不由跌坐在地，双手紧握奥尔恭的手、抖抖索索地低下头偷偷擦泪，装出一副孤单无援的可怜相。

这段戏，由于奥尔恭的愚蠢和达尔杜弗的狡猾与机灵，犹如说相声一般，这里的喜剧效果是"水到渠成"，而不是"寻人卖笑"。他越是捉弄奥尔恭成功，便越感到轻松、喜悦。当奥尔恭一把抱住他，亲昵地表示将与家人斗争到底、并愿将一切财产赠送给他时，他简直是欣喜若狂了。但此时他被奥尔恭紧紧抱着而无法动弹。于是，我便尝试着用半边脸来笑，结果很有喜剧效果，也增加了韵味。

感谢伟大的莫里哀，写出了这个变化多端的达尔杜弗，为演员带来创造的喜悦。若问我这次排演最大的收获是什么？我想，正因为我是"被迫"地迷恋进去的，所以也较之往常享有更大的创作自由。在这之前，我一度认为喜剧不是我擅长的，而《伪君子》开掘了我表演感觉。

独角戏《伪君子》，一次歪打正着的成功

参与村彬先生导演的话剧《伪君子》的排演，是我演剧生涯中很不平常的一个“篇章”。本以为就此美好地“翻”过去了，让人意外的是，八年后一场美丽的“重遇”，又让我重温了那一重要“篇章”。

1991 年秋，我的启蒙恩师杨村彬先生逝世两周年之际，研讨的同时，举行盛大的文艺纪念晚会。晚会筹备组商定，届时由当年演出《伪君子》的几位演员联合演出《伪君子》剧中的精彩片段。那时，我去北京和长春演出和拍电影去了，说实话，当年舞台演出萧条，要组成一台由上海众多名家合演的晚会，谈何容易哦！总觉得大概是遥遥无期，过后也未把它放在心上。

谁知，两个月过后，半夜在南京接到来自上海的电话，告诉我晚会已经筹备就绪，并且确定了演出日期。我一下子愣住了。摄制组的日程已经安排得满满的，要抽出两三天专程返沪排练演出是完全不可能的事。然而却出现了巧事，恰逢金日成来访扬州，我们的日程一再变更，因而剧组从南京、扬州再转至北京清华大学拍摄朱自清的最后一组戏，这期间出现了两天的空档，看来是非演不可了。问题是如何演？这戏有八年没演了。要排练，还有服装、化妆等一大摊子事。凭心而论，不管从什么

1991 年，在杨村彬先生戏剧艺术研讨会上，我再次以独角戏的形式出演《伪君子》达尔杜弗。

1997 年，在话剧 90 周年纪念会上，我以这样奇特的方式和《伪君子》重逢。

角度考虑，都是不演为好。我再三与上海方联系，请求取消我的演出。但筹备组回答非常坚决："不行！剧目与人选均已见报。"

看来，演出势在必行，非演不可了。接下来，怎么办呢？找搭档排戏，人员分散两地绝无可能。再三斟酌，我决定冒次险，演出一场七八分钟的由三段独白组成的独角戏。一个人有很大的灵活性，只要做好充分的准备就行。还有两条对我有利：一、纯属新的尝试，即便有些闪失，观众也会同情谅解的。二、由三段独白贯穿，调节转换较为自如，增减也方便，具有一定的创造性。

那时候，我一直忙着拍朱自清，只有利用拍摄间隙，见缝插针地准备台词。我把独白本放在了拍摄现场"朱自清"的写字台的抽屉里，一有时间就拿出来念。

万不得已的"一心两用"让我身心俱疲，却也大大激发了我的潜能。人逢急事，压力大了，自觉性将得到极大的发挥，潜力自会喷涌勃发。不断朗读着那些大段的台词，原先演出时的那种美好感觉又回来了，对于人物也似乎有了更深刻的理解，那些台词也仿佛是从我心底里流淌出来的话语。

到了两日空档之际，我急忙赶到家中，正逢新屋在油漆家具。我平时经常在外，家中的事都由妻子操持。如今赶上这事哪能袖手旁观呢？本想完全静下心来准备一下戏的希望又落空了。只得两头操劳。而那戏还得配音乐、做道具。为了以防万一，我将关键性的台词抄成卡片夹带，放在一本小型新华字典改装成的道具《圣经》之中，万一碰上意外慌了场，忘记台词，翻翻字典就有了提示。这可是株不坏的救命稻草呢！再拿起手抄的台词准备，已是筋疲力尽了。仅这些就可见当时有多么紧张了。

演出的时刻终于来临了。我早早地吃了晚饭，同妻子帼莲及小女儿慧轩乘车赶往长江剧场。沿途车堵得厉害，我想趁机默一遍戏，无奈精神涣散无法集中，连日的疲惫劳顿也一下袭来，心情烦闷不佳，隐隐约约有种预感，晚上登台可能要砸锅！回想半月来的辛苦，我反问自己：何必要找这种苦来吃呢？此刻第一次打了退堂鼓，并暗暗告诫自己，仅此一回下不为例。

进入后台，看见别人在轻松地化妆，我的心却不安、沉重，今晚将演成什么样是个未知数，但是指导思想很明确，尽快安排好一切，积蓄精力应付演出。达尔杜弗穿的黑色衣服仍是原来那一套，很合身。可是管理员拿错了鞋。如果穿上《三剑客》中的白金汉公爵穿的乳白色高统皮靴，那么达尔杜弗的下半身就完全变成一个贵族公子哥儿了，而且步伐和形体也就全然不是那么回事了。我急中生智想了个办法：临时找了条黑色纱布，就在我自己平时穿的皮鞋上打了个蝴蝶结，也能蒙混蒙混。化妆也尽量简单，只打了淡淡的粉底，涂些腮红，带上头套，也就妆扮完成了。接下来，一切只等台上见了。

出场前，一段古典的弦乐奏响，整个剧场顿时宁静了下来，营造出一种期待的气氛。按照原先的设想，我背身出场，接连向幕后说最初的三句台词，故意不让观众看清我的脸。不好！第二句说得不是那么顺畅，是要吃“螺丝”的预兆，得特别当心才行。我定了定心，猛地一转身朝舞台中央走去，开始了与观众的交流。只感到台下有无数的眼镜片在反光，我甚至看清楚了杜宣、中原等熟人的脸。又见一片灰白的头发，想到老年人是会耐心地看我演完的，我的心也就镇定下来。按原计划演完了三个段落，本来还留了条退路，如果观众不耐烦看下去，随时可以在段落的间隙处打住。没想到在表演过程中，与观众的交流是如此地融和密切，

越演越入戏，发挥得恰到好处，以至于得意忘形、忘乎所以了。原来我跟舞台监督讲："我跪在地上拍地板的时候，你就拉幕。"结果太入戏了，忘了之前的约定。我和舞台监督面面相觑，我看着他，心想：你怎么还不拉幕。他看着我，想着："怎么还不拍地板啊？"情急之下，我开始转圈，转了三圈后，坐到幕边上，赶忙对舞台监督悄声说："拉幕！拉幕！"就这么闭幕了。热烈的掌声响起来了。

这次演出，尽管有不少不尽如人意之处，但是总的来说还是成功的。这种成功感不只是也不仅是高兴地听到别人的赞扬，而是那种享受了只属于一个人所有的热烈掌声之后而产生的那份无可名状的欣喜，那种无法描述的满足感和前所未有过的信心。下妆后，坐在化妆镜前，看到满脸汗水流淌，但是内心却是兴奋激越、淋漓酣畅。啊，我战胜了犹豫踌躇！回过头来想想，贸然决定演独角戏，实在是一次冒险的举动，可是得到了巨大的收获，有了新的突破。在八九分钟的时间里把握住了观众，虽然台词不十分准确，却也锤炼了我的胆识，锻炼了即兴表演与应变的能力，

演出完后，我和家人走出剧院。外面秋风瑟瑟，有些冷，我看见一位朋友在不远处的广告牌底下跟一个外国人在聊天，我想上去打个招呼，但转念想到自己明天早上要赶去北京拍戏，身体又因演戏极度疲劳，就没有上前寒暄。后来那个朋友告诉我，那个时候和他说话的是一位美国加州大学的教授。这位教授表示，他喜欢莫里哀，最喜欢《伪君子》，在世界各地讲学过程中，只要碰到《伪君子》的演出，就会观看，今天他看到的这个"伪君子"是最好的。我很懊悔当时没有上前跟他们交流。听到朋友转述的赞誉后，我有些受宠若惊，一个美国学者的评价，而且不是当着我的面说的，让我既感慨又激动，更增加了我的信心：中国演员演话剧，照样可以演得不逊于外国演员。

这次纪念演出是匆促又短暂的。但是它却在我演剧生涯中留下最深刻的印象，给我振聋发聩的启迪。人，是需要具有一点冒险精神的。巨大的勇气往往来自环境的压迫，在沉重的压迫下又会勃发出惊人的奋斗能力。

这次我投入角色创造的过程，处于一种半恍惚、半清醒的疲劳状态，处于只能前进，没有退路的境地，我只能忘我地顺着角色的行动轨迹向前，连自己都不知道下一步该做什么，只是由其自然地说话、举步，徐缓、急促、停顿都随性而为。像是又回到学生时代同乐会上的无拘无束，完全放开了，不顾一切了，而这一点恰恰呈现了“伪君子”那种忘乎所以、察言观色、信口开河的伪善面貌，把他最本质的特点直接表演出来了，于是便有了这一次歪打正着的成功。

第六篇章 初涉银幕，懂得了“电影的”表演

本色，人物塑造正应该从这里出发，从本色之中走出来，在本色的基础上去进行塑造。演员既是创作者同时也是创作工具，他的精神气质和五官形体都是创作素材，任何时候都无法脱离他的自我，因而不论何时也不要离开这块丰厚的土壤，去另起炉灶。

初上银幕时的苦与乐

记得我第一次接触电影是在1959年，导演郑君里拍摄电影《聂耳》时，几乎把我们整个二团的演员都请去帮他们演了一次群众。这是作为国庆十周年献礼片。我们参与拍摄的场景是：东北沦陷以后学生在搞演出活动，台上“聂耳”在小提琴独奏《国际歌》，我们在底下做观众。郑君里导演问当年我们团的团长江俊：能不能找几个人去拍几个近景和特写镜头？因此，《聂耳》中有两个我的镜头，定格了我26岁时的青春，也让我近距离感受了电影的魅力。

1977年，电影界邀我在《平鹰坟》及《从奴隶到将军》出演了两个反面人物。我从这里开始真正走上了银幕。

在舞台上演戏多年，古今中外的角色扮演过不少。但是，摄影机前的表演对我来说却一直存在着神秘之感。因此傅超武和高正同志邀我在《平鹰坟》中演张继祖一角时，心情是相当复杂的。好家伙，第一次上银幕就演一个杀人不眨眼的魔王式的人物，压力还真不小。演吧，担心演不好，不演吧，又觉得失去一次机会挺可惜的。经过几番犹豫之后，才决定闯一闯。

然而，我对电影表演毕竟是十分陌生的。分镜头本规定这个人物有很多的笑，不是一般的笑，而是“大笑”“狂笑”“狞笑”“长时间的笑”，从中景、近景到特写，越推越近，时间越笑越长。这可把我难住了，怎么办？趁大家外出拍戏时，我找了一个没有人的地方，面对一条小河和空旷的田野，悄悄练起来了。几天后，我又来到小河边，刚出声，就听见墙里边也有人在笑，我笑一声，他学一声，学得非常像。原来身后是一家粮食仓库，管理员也许是一个调皮的青年人，他正觉得我好笑而笑呢。当时我真窘得够呛，尴尬得我再也不敢到河边去了。这件事也提醒了我，不能脱离人物内心活动去揣摩各种笑法。这也说明镜头当时对我的负担之大了，如果在舞台上我是绝对不会这样做的。这次教训使我心中有了底，实拍时倒没费什么事，很顺利地拍好了。

人们一直将演员分作两类：性格的和本色的。从现象上看，舞台演员多半推崇性格化，热衷不同形象的塑造，电影演员多倾向本色表演，讲究不露痕迹的自然表演。所以，我觉得舞台演员上银幕，人物性格倒不难把握，难以把握的是分寸感，稍不注意就会过火。高正同志看出了我的苦恼，给我很大的帮助，他总是耐心地守候在摄影机旁，给我种种启示，一遍戏试下来，通过他脸部细微的变化，我就知道该如何了。这种演员与导演在创作上的默契，使我受益匪浅。不过，镜头前的表演仍然是新的课题。

二十世纪七八十年代，话剧舞台上出现了一批后起之秀，我就逐渐淡出了。影视剧方面呢，邀约多了起来。老朋友杨在葆总是劝我：“老哥，来拍电影吧，来吧！不要再在舞台上演了，太累了。”1987 年以后，我基本不太演舞台剧了，重心几乎都转到了影视剧，打开了另一个艺术领域。

电影《平鹰坟》中，剧情要求我学会骑马，于是就有了我和这匹颇通人性的部队退役大白马的交集，我一直珍藏着这张照片。

1982 年，我和向梅合作，主演电视剧《蓝屋》。

1982 年，电视剧《家事》中和王馥荔搭档完成了我的第一部电视剧作品，我饰演赵志高。

1977 年，电影《平鹰坟》剧照，我饰演张继祖，右为张伐饰演吕镇山。

《平鹰坟》剧照，这是我最早的银幕形象之一。

1979年，轰动一时的电影《405谋杀案》，我饰演方明山。

1982年，我在电视剧《蓝屋》中饰演顾鸿飞，这是在拍摄现场抓拍下来的照片。

《城南旧事》，林全文是我的“中线”

1982年的春天，我正忙于拍摄电视剧《家事》，晚上又主演一出抒情喜剧《上海廿四小时》，整日奔波于两个剧组之间，总是忙到深夜才回家。一天晚上刚进家门，爱人就告诉我，导演吴贻弓白天到家里来了三次，上午九、十点，下午二点多，晚上七八点，来时都没有见到我，只好留下《城南旧事》电影剧本要我当夜阅读，第二天上午回个电话给他。第二天一大早我又赶去化妆拍戏，我就一直提醒自己“别忘了，别忘了”，可是到了摄制组，一忙碌真把这件事丢在了一旁。也是巧，九点半的时候，我猛然想起来了，忙抓起电话打到上影，吴贻弓早已守候在电话旁，他告诉我，按约定时间已等了半个小时。谈了一会儿，问了一下我的时间，他就果断地说：“我们不碰面聊了，就决定你来演英子父亲吧。”我们虽未见面，可他对艺术执着认真的精神，给我留下了深刻印象。

进了《城南旧事》组，人物造型却迟迟定不下来，我当时参加演出的舞台剧时间排到六月中旬，头发不能动，同时上影的另一部新片《祸起萧墙》中我演梁友汉，这是一个个性耿直刚烈却又不修边幅的工程师，经常忙得顾不上理发。按说英子父亲属民国年间，知识分子发式可长可短，可是导演认为现代发式中长发居多数，如果让英子父亲也蓄发则不典型，

对人物时代感有影响，因此屡次动员我剪去头发。我呢，则有我的想法，虽已拍过几部电影，但是每次造型都不大一样，这次很想保留我的本来面目。后来还是吴贻弓说服了我，他说电影是由各种真实的细节组成，只能做加法，不宜做减法，林全文是片中唯一有身份的人，他的形象很重要。最后，由《祸起萧墙》一片的化妆师赶制出一副只有后半截的发片来，才解决了两个人物造型上的矛盾。

吴贻弓看上去温文尔雅书生气十足，但在创作问题上却是很有主见且决不轻易改变自己的看法，这是他给我的第二个印象。

吴贻弓和演员第一次见面，就开门见山提出“电影的”这一话题：处理语言要尽力生活、自然，想告诉给观众的，要留有让观众自己去想象的余地；丢弃演员的自我意识，寻找属于“电影的”细节以充实表演；看别人的影片时就要锻炼区别“电影的”与“非电影的”的能力。一句话：“宁失之朴，勿失之华”。

为此他还亲自朗读了全剧。读剧本之前他一再声明读得不好，只是希望大家注意那些“电影的”东西，注意语言无法表达出来的内容。他声音不大，读得很慢，没有华丽的声调变化，听来似乎平淡，但极富内在的韵律感。后来在北京外景地开拍前，他特地召集全体演员对词，因为曾经听过导演的朗读，这次大家向他的基础靠拢，读得自然真切，情绪投入。

影片中，有一场英子放学回家念课文《我们看海去》的戏，导演阐述时就曾强调英子爸爸整场戏都要在院中修剪花枝的动作中进行。拍摄时，他让我很随意地表演，自然地流露情感。我的创作感觉并不迟钝，前边的戏进行得很顺利，起先在梯子上扎葡萄架，后来又在屋前一排盆花旁

英子的父亲林全文是个民国的知识分子，在风雨飘摇的年代他竭力给儿女温暖的父爱，右为洪融饰演的英子母亲。

《城南旧事》剧照，沈洁饰演英子。

《城南旧事》剧照

《城南旧事》林家一家三口。

剪枯叶，只剩下最后一个长镜头时，我的个人意识上来了，忽然想到这场戏我拍了半天，观众兴许还没有看清楚我的脸呢！于是我停止手中的动作，面对镜头说起话来。吴贻弓一感觉到，便立即打断，下令重新再拍。事后看完成片时才体会到，整部影片是以孩子的眼睛回忆童年，所以英子父母在影片中始终作为回忆中的后景人物，含糊点不那么清晰，才更具朦胧意味，过于实在反倒削弱了淡淡愁思的效果。更重要的是，这样才会有更多自然亲切的生活实感，也更好地体现父亲淡泊自守、朴实无华的个性。这一点让我体会很深。由此，对于什么是“电影的”，什么是“非电影的”，我也有了真实的感受。

片中，一个大雪天，英子放学后一个人到医院看望病中的父亲。这实际上是一场父女诀别的重头戏，我扮演的林全文能否站得住，十分关键。实拍这天，我的创作状态良好，拍戏前也试得很成功，情绪饱满一触即发，只等导演一声令下。可是好事多磨，吴贻弓发现背景窗外阳光不够明亮，需临时从窗外吊一只大聚光灯反打进来，但亮度增加后，玻璃又太透明，不符合北京冬天的气氛，要加上一层薄薄的凡士林才像。吴贻弓特意到我身边轻声嘱咐我，好好保持情绪，并在一旁耐心等待。有关部门为完成这个镜头，忙了半个多小时，我默默地提醒自己，大家都在做加法呢，我可得保持住良好的创作状态。结果这场戏拍得相当好，室外冰天雪地，室内温暖如春，镜头缓缓推成特写，眼光中的泪水隐约可见，这个人物在凝重的氛围中完成了。

影片完成之后，吴贻弓导演告诉我：“有些戏看来虽说是只言片语，进进出出的小场子，但决不能放过，电影里没有过场戏，只有形象”。实际上指出了我的不足之处。他时时都在思索，在探求，有了想法又及时与人沟通，他时时在做加法，为自己也为别人做加法，我想这就是他所

以获得成功的窍门吧！难怪北影导演郭维说，他在《城南旧事》中看到了属于导演和电影的东西。

拍《城南旧事》之前，我拍过三部电影，但这一次给我带来了一种全新的体验，收获很大。它矫正了我对电影表演的一些误解，不用去演，而是特随意的、有个性、很本真地进入这个人物。

本色，人物塑造正应该从这里出发，从本色之中走出来，在本色的基础上进行塑造。演员既是创作者同时也是创作工具，他的精神气质和五官形体都是创作素材，任何时候都无法脱离他的自我，因而不论何时也不要离开这块丰厚的土壤，去另起炉灶。最好的境界应该是形象之中有其本人，又有所扮演的人物应具的个性特征。从自身走出来进人了另一个自身，是你又不是你，是合而为一不可分的胶着的状态，最为理想。

导演吴贻弓说："在定演员之前，我要觉得这演员就是角色。而一旦定了之后就要使角色向演员靠，让角色来迁就演员。我想，他这主张是对的。这样，演员可以有一种自由的感觉，产生一种我就是他的自信，不必为演出人物的个性而过多地雕琢。"他所说的就是强调了演员的自我、演员的气质和修养的重要。可惜，不少演员们往往执迷不悟，不肯承认这个道理，认为戏是可以演出来的，因而不管是否可以发挥本身优势都要去演。幸运的是，在不断的实践中，我终于深切了解了这个艺术规律。

林全文这个人物，对我以后拍电视剧、电影而言，是一条中线，就是用我本人的、最本色的状态，去还原生活本身。然后，我可以以这个状态为中心，左一点、右一点、上一点、下一点去寻找不同人物的点，这样这些人物既有特色又不脱离本色。拍电影，不像《日出》等舞台剧，你一定要演，否则它不成戏。但是话说回来，最好的演员就要不露声色。

1985年，《城南旧事》的作者也是英子的原型林海音女士到访上海，部分演员与她在白杨家合影。

我和白杨

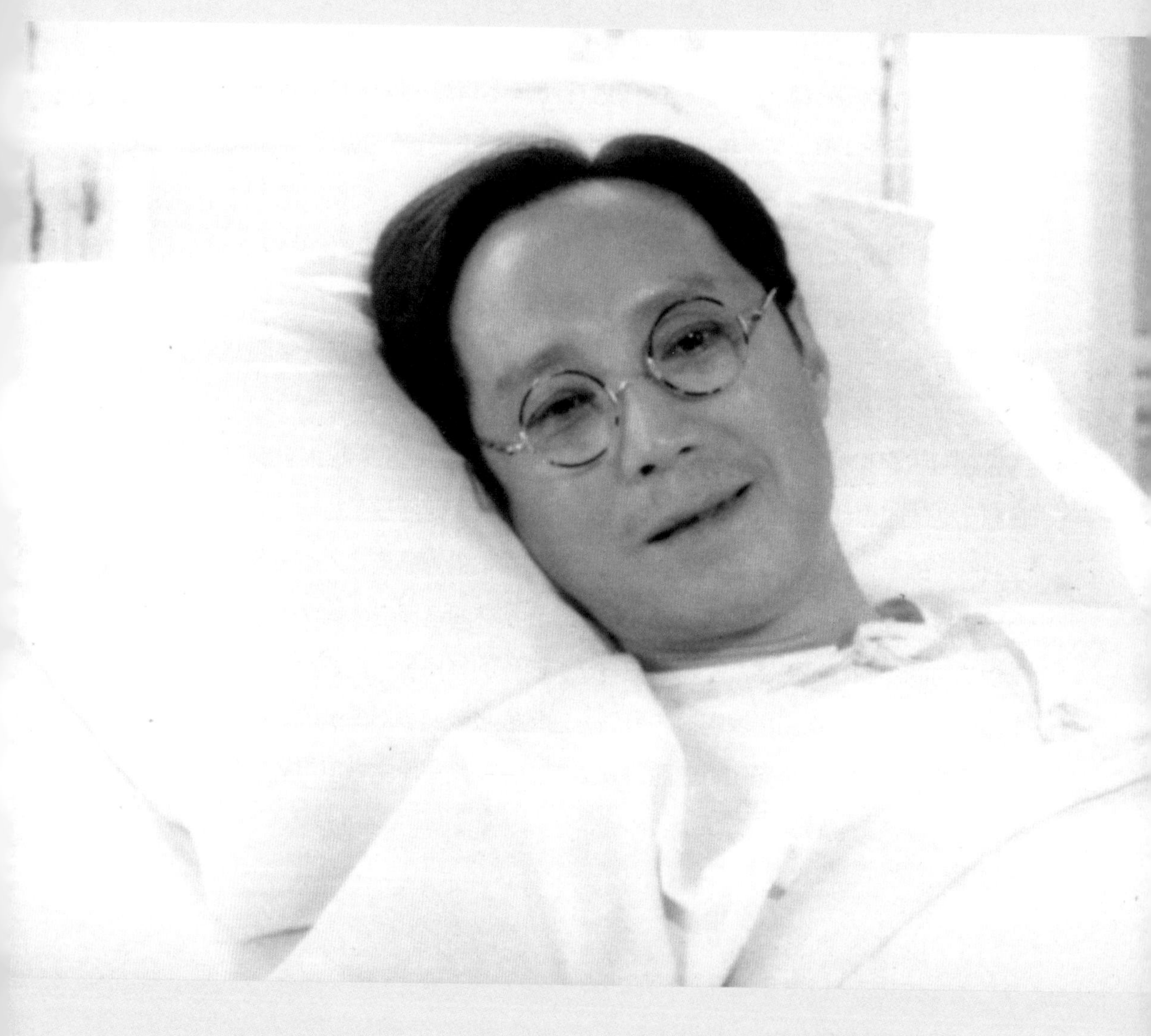

《城南旧事》中父亲与英子诀别的那个镜头。

你没有露声色，又把人物自然演出来了，这是最最好的。

因为这个剧，我跟《城南旧事》的作者林海音还有过一次接触。1985年她从台湾来到上海，特别指明要见几个参演《城南旧事》的演员，于是我们就见面了。林海音很亲和，很快与大家闲聊了起来，她也肯定了电影《城南旧事》，认为年代感恢复得很好。她还特别准备了一份礼物，一支派克圆珠笔，当时还算是很时髦的，唯独送给了我。我马上感到有些受宠若惊，连说："不好意思，不好意思。"在场有众多演员，单我一人接受礼物，我也有些尴尬。林海音温和地笑着，带着调侃的口吻说道："那谁让你演我爸爸呢！"一句话让全场大笑了起来，让大家感受到了她的心思细腻和风趣幽默。盛情难却，我欣喜地接受了礼物，更让我欣慰的是，这也说明她对我演的林全文印象不错。那天，大家聊得很轻松很愉悦，时光一晃就过去了，马上就到了林海音与白杨约好一起午饭的时间。她们是小学一二年级的同学，随性的林海音一定要我们几个跟她一起去华山路白杨家吃饭。最后，白杨家被我们挤得满满的，显得很局促，却也是热闹无比，充盈着欢声笑语。这是一段由一部电影带来的额外回忆，温暖又惬意。

2004年，我和《城南旧事》的导演吴贻弓再次相聚。

第七篇章 演绎“反派”人物的复杂与多面

我时常这样提醒自己：把握住自然舒畅的生活感觉是重要的，但在每一场景中又得点出他个性中、生活习惯中那些有特点的东西，二者相比后者是主要的。

1985 年，在电影《日出》中饰演李石清。

李石清的“狠”与“恨”

我对《日出》有种极为特殊的情感。我演过话剧《日出》中的胡四、张乔治，找回了那时几乎丧失了的信念感。这两个人物也因为我博采众长，攻己之短，发挥所长而获得了同行的赞扬，无形中对自己有了更高的期许。

记得二十世纪六十年代的冬天，在北上赴京参加现代剧会演的卧铺列车上，高重实同志亲切地对我说，《日出》今后将成为保留剧目，并问我除了胡四之外，还想演什么？我脱口而出：“张乔治。”他却摇摇头，不以为然地说：“你下一个目标应是李石清。”说得我吓了一跳，李石清这么大的角色，我想都不敢想，不过因为这份肯定，我心里还是热乎乎的。不料，二十多年后居然成真了。

电影《日出》摄于 1985 年。这是“文革”后，特别是踏入电影界以来一次非常重要的艺术实践。

听闻上影厂导演于本正要将《日出》搬上银幕的消息时，我心里暗想，从年龄上考虑让我演张乔治是十分可能的。此时于本正托乔奇向我郑重转告，他们想找我试演李石清。闻此，我感到很意外，李石清是对每个

男演员都有巨大的吸引力与挑战性的角色，我曾见过许多位演员扮演过，吃力但不讨好。李石清很像一块试金石。以往我敢想但不敢演，很怕拜倒在他的脚下。我与于本正导演虽相识可从未合作过，既然于导敢把如此吃重的角色交给我，我也就决定勇敢地迎上去，找寻一条新的途径。

起初，镜头试下来并不理想，造型还可以，可眼睛总有种被刺痛的感觉，妨碍我进入较好的状态。我觉得必须尽早进入佳境，否则定会影响整个的创作情绪。

改编后的《日出》作了新的尝试，原先通过人物对话所表现的场景，在电影中都有了新的安排，提供了真实的时间和地点，这也是人们常说的已经大大地电影化了，这些新构想对观众来说是最最新鲜的，把这些戏演好会给人们留下深刻的印象。我意识到，按照电影特点恰如其分地演出来，人们一定会感到与以往舞台上的李石清演法有所不同。一句话，电影的优势也即我的优势，电影中的李石清是属于我的。这才是我的主攻方向。

潘月亭、李石清、黄省三这三个人物的戏是《日出》除陈白露之外十分突出的另一条主线。改编后，潘李之间最重要的戏是李石清偷看文件的戏，李石清趁潘月亭亲自送外国客人到银行大门口的机会，大胆果断地闯进潘的办公室，并毫不犹豫地打开了抽屉。全剧开拍的第一天，就是这场戏。组里动员第一炮要打响。我个人对这场戏的关注也最多，要把调子找准。在全景中，只见李石清飞速转身上楼，喘息未定推门入室，直奔写字台，他知道核心机密全部在平时看管的抽屉之中，这一切都必须轻捷、迅速、不容迟疑，他想孤注一掷，不这样拼死一搏是不行的。拿起合同书，成近景，虽在意料之中但还是愤怒了，“潘月亭居然干出

这样的事，以极其优惠的条件将房地产抵押出去了？”他一下子就摸到了潘月亭的秘密，那种出自内心的喜悦涌上来，觉得爬上去的机遇也许真的到了。潘月亭忽然返回，使他意识到可能要坏了，但李石清立即以守为攻，索性向他挑明。这段戏一开始做贼心虚，小心翼翼，当场被潘看破时的无奈与狼狈，这一切的心理变化转瞬即逝。抓住时机决不罢休，无须求饶，软中带硬，待价而沽就是了。关键在下边这一笔：当潘月亭主动提升襄理，这时的李该如何？我没有去演他的得意，也没有演他的故作清高，而是着意演出他的感激涕零、宣誓效忠，李到底是初试锋芒，而且是个小人物，得到梦寐以求的职位应该心满意足了。心比天高，但“英雄”气短，这是李石清这人物所特有的状态，也从另一面衬出他的被迫与无奈，更为最后遭到潘月亭彻底报复，被潘月亭奚落侮辱时的恼恨埋下伏笔，为李石清最后不顾一切地向潘报复时痛快淋漓作了鲜明的对比。

现场拍摄进行很顺利，作为演员，我被李石清绝处逢生、生活终于出现了转机所感动。一股真情实感油然而至，连声承诺：是！是！声音哽咽得沙哑了，眼中饱含着泪水。这完全是灵机式的闪念。我想到并提醒自己，不能用惯用的方式来谈话，要用连我自己事先也无法想象的全新设想，如果用日本人在上级面前宣誓效忠时的神态和语气会更好些，我这样做了，令自己和在场的人都感到意外，也许这就是人们所常谈的灵感吧！在我演戏生涯之中这样的状态不少，但这次是最佳妙的一次。遗憾的是没有同期录音，后期再配就差劲多了，许多戏后期配音时连自己都无法还原，无法找准那已逝去的感觉，就不用谈由别人代配了。

对于我这样的做法，有两种评价：一种认为是好的，这是在塑造人物的个性与特征，另一种认为这样的戏一定过火了，不符合电影特点，不如

《日出》剧照，上图为我和王夫棠饰演的潘月亭，下图左为沙威饰演的黄省三。

《日出》剧照，李石清和黄省三。

曹禺先生来到电影《日出》的拍摄现场，前排左起：曹禺、方舒、导演于本正。

老老实实按照演员自己平时的习惯来说话、演戏。导演选了你来演，那么你就是李石清了，这话没有错，也确实如此，但是如果在几部戏中都这般，观众感到乏味不必说，以后导演也就不再认为你就是这个人物了。按照我的创作个性，情愿选择前者，要的是个性鲜明。

这场戏旗开得胜，第一批样片出来后厂里就传闻说戏不错，为后来的戏打下良好的基础，我也摸到了李石清的脉搏，找到了较为准确的感觉。用两个字来说就是“狠”与“恨”，作为李石清所特有的狠劲，是由他的恨而产生的。他那凶狠的眼光，出口伤人的恶言污语，都出自心中的愤懑与不平。

在思索李石清的为人时，我很想搞清，他有没有善良的愿望，哪怕是一种闪念，如果有，把它表现出来，该是有意义的。他身处悲惨的逆境，即便比黄省三好些，可也好不了多少，那么又为什么要如此的作践黄省三？这是在扮演李石清时，我常问自己的两个问题。以往的李石清给人的印象太坏了，找到相反的色彩一定会反衬出他的人格中的特殊与复杂性。

很感谢曹禺先生帮助我树立了信心。因为是名著改编成电影，摄制组在各个方面都格外认真，不但多次对台词、事先排练了重点场次的戏，还请曹禺先生亲自来听每个演员谈对人物的认识和分析。过去演话剧每个戏都得走过堂，这不可怕，可是当着这位大作家的面来谈这个尽为人知的人物，如同班门弄斧，无形之中成为一种压力，要是谈得不好一定会影响整个的创作情绪。该如何谈呢？我一时拿不定主意，直到“陈白露”“方达生”一个个都谈过，到了非谈不可的一瞬间，我才决定从感性着手。我大体是这样谈的，李石清出身微贱，但心比天高，无论干什么事都要干得最出色，在学校读书就处处拔尖，可没有好父亲，总是被

压在底下。他恨所有有钱有势的人，要翻身是他贯穿一切的内在动力，因此，他得忍，什么都能忍！他挣扎，不顾一切地挣扎！要给人以挣扎感。从当铺出来，一件皮大衣只当了十五元，又受到当铺老板的挖苦，落得了一肚子的火。路遇黄省三，于是这一团怒气全都泼洒在黄的身上，而这种泼洒又是不断积累、有层次有发展的，尽力避免李石清就是天生恶人形象，要让人同情黄省三的同时也多少理解李石清的所作所为是由于他急于翻身，是不得已，要演出他使人同情的一面。对妻子家庭，对子女的爱也如常人一样，与他在外边、在银行、在阔人们中间形成互为表里的烘托，演出他的多面性来。在我叙述时，曹禺先生边听边频频颔首。得到这位大作家的赞同，大大增强了我的信心。

后来，我演的李石清得到了好评。黄佐临老院长亲自对我说："我喜欢你的李石清。"北京电影学院教授黄式宪在一次座谈会上公开声称，李石清是电影中最具光彩的人物。

似乎是冥冥中的缘分，演曹禺先生的戏，总是给我带来好运。演先生创作的人物总像是有灵魂附体的感觉，有一种内在的动力在推着你。这是因为这些人物写得个性鲜明、各具风采，为演员提供了坚实的塑造基础。

1988 年，我在电视剧《上海的早晨》中饰演徐义德。

徐义德，上海资本家的那些腔调

一直以来，在周围人与熟知我的观众的心目中，我是一个比较低调、文雅、温和的文人形象。但一次拍摄却“颠覆”了我的形象。

1989 年电视剧《上海的早晨》播出之后，引起了各阶层人们极为广泛的关注，我饰演的徐义德一下子成了家喻户晓的人物，成为人们谈论的热门话题。老朋友跟我开玩笑说“艳福不浅”，还有女观众跟我说“真恨你呦！”

虽然因徐义德，我背了个“黑锅”，但心底却是喜滋滋的，因为这说明我塑造的艺术形象得到人们的认同，让他们也“入戏”了。

但是其实，一开始接到上海电视台导演张戈的邀请时，我是犹豫的，那时因几次任务下来感觉劳累，很想在这阶段调整一下，可是整个导演组都在说服我接受“徐义德”。家里人也认为我应该接下这个角色。

我演过各色人等，从耶稣到叛徒，皇帝到骗子，有着激烈情怀的知识分子和文化精英，到各种情状的猥琐小人等等，唯独没有演过资本家。而且我演郭沫若、潘汉年、胡汉民等知识分子的形象比较多，不管怎样从

个性、职业特点上设法区分体现他们的特点，可总逃脱不了文雅温厚、正直激越、忧国忧民等大知识分子的气度。这次若演徐义德则可以破一破以往的形象，摆脱掉过重的知识分子气，演出大老板那种财大气粗、趾高气扬、自视高人一等的傲气。上海人的说法：资本家有种“魁劲”“彪劲”，谈起事情来绝不含蓄，对名誉地位，对金钱女人都是如此，对什么都不屑一顾、什么都不在话下。徐义德的个性错综复杂，像一块调色板，可以变化出许多色彩来，对我的诱惑实在太大了。在大家的鼓励、劝说下，我接受了这个角色。

细读完原著小说、剧本后，我越发觉得徐义德个性独特、复杂，大起大落富于变化，他的目空一切，胆大妄为，他的自作多情、盲目自信，绝非一般人可比。接受任务直到拍摄初期，我一直在反复思考：“人们期待一个什么样的徐义德？我能演出个什么样的徐义德？差距有多少？两者能统一起来吗？怎样才不至于让观众失望？”以上这些一时解决不了。但是直觉告诉我，按部就班一点点啃就是了，不放过每一场戏、每一个镜头，赋予徐义德尽可能准确的个性色彩和逼真的情感，这样做在后来的实践中越来越证明是对的，没有从外部去找寻人物，在外表上下工夫，而是抓住点滴感觉，从各个细小的地方去刻画他的个性，表现种种复杂多变的情感，以小见大逐步展现。

原作者和改编者为塑造徐义德的个性提供了许多生动的描写，他绝不是那种安分守己，安于现状的人，他有干事业的冲动。这种冲动加上头脑清晰精明强干，就构成徐个性上另一种主要色彩——进攻，或者说进取心也行，这得看他对待的事物是什么性质而定了。

我选定“进攻型”作为塑造徐义德个性的主色块，但是在这一点上，和我的个性存在很大的差距。我本人处世比较内敛，忧喜不外露，喜欢多

思考，遇事慢慢来，而这与徐义德主动明快的性格节奏正相反。这种相反在表演上有利也有弊，利在于可以放开手脚大胆地演，弊在于完全脱离自我、失去了最自然的土壤，弄不好就会夸张造作。所以我得努力追上他的节奏，反应敏捷，不过多思考，念词爽快不拖泥带水，动作利索干净。在拍摄中不管对手怎样慢条斯理我仍然保持住自己的节奏，在这一点上导演也极为赞同。

演徐义德时，我只是列出了一张详细的场景表格，包括出场顺序以及有关徐义德远近期人物个性极简单的设想。当时该如何去演，确实一时理不出个头绪来。在大方向上我与张戈导演的想法完全一致，不想图解也不脸谱化，不去演概念中的资本家形象，而是着重在每一情景之中发掘徐义德作为人在细枝末节中思想情感的变化，尽力设法找出只属于徐义德特有的那些东西来。在造型上则认为要显得有教养，尽可以潇洒自如些，不管他做什么事都不要让人望而生厌。

全剧一开始，徐义德出场很鲜亮。听了陈市长的报告之后，他回到家中极为振奋，打消了原先的种种顾虑，觉得和共产党可以共事，决心在上海发展他的事业，和代理人梅佐贤谈话时情绪高昂到极点。抗美援朝一下子就花四十五亿元捐三架飞机，因而引起家庭内部一场轩然大波，可与此同时几乎在转眼之间就在裕德池单间浴室与梅佐贤密谋打算趁政府七月一日调整税款之前买通驻厂税务员以次充好，违法赚一大笔钱。徐义德的行为，开始我很不理解，按照我们常人的逻辑，既然要钱，就少捐一架飞机不就什么都有了吗？何必要面子上光彩暗地里又赚昧心钱！拍了几场戏之后，我才恍然大悟，这就是徐义德。徐义德出场后所做的三件事勾勒出了他的个性特征：他两头都要，而且两头都要干得漂亮，飞机一捐就是三架，没有气魄做不到，行贿投机没有足够的胆量也

《上海的早晨》徐义德这个角色为我赢得第八届“中国电视金鹰奖”最佳男主角奖。

《上海的早晨》中的徐义德是个独特、复杂，人生大起大落个性富于变化的上海资本家。

《上海的早晨》剧照，徐义德一家，吴娱与倪以临分别饰演徐义德的大太太和二太太。

徐义德这个角色带有浓重的上海资本家特点，表现在他衣食住行的各个方面。

剧照：许文德和三太太（李媛媛饰演）。

是不行的。他身上有种常人所没有的气质，在同一天之中好事坏事他都会去做，兴致所至，大起大落，走极端。徐义德是那种绝对自信的人，不认输，不买账，这些都仿佛理所当然是他日常生活中极其自然的内容。他的爱国心中包含着强烈的虚荣心，支撑他对事业进取心的主要力量是那梦寐以求的领袖欲望。因而戏中这样的段落表演上要特别过细不能夸张，得安排得十分自然，使人相信他以往就是这么干的，家业就是这么兴旺起来的。如果能做到这一点，徐义德的行为是会令人信服的。

电视剧是视觉艺术，观众的直觉感观是第一性的。人物一出来像不像？戏发展下去所作所为是否真实可信？个性是否鲜明？这关系到观众的认可程度，十分重要。《上海的早晨》剧中徐义德出场有近 200 个场次，戏越多越得把握分寸，否则就过火了。我时常这样提醒自己，把握住自然舒畅的生活感觉是重要的，但在每一场景中又得点出他个性中、生活习惯中那些有特点的东西，二者相比后者是主要的，否则充其量演出一个与严翔相似的徐义德来，也没什么意思，表演上要不温不火，使二者较好地结合起来。

从大的方面说，要演出徐的强悍精明，工于心计又能知人善任的企业家气派，显出不服输、易冲动、主观性强的倔强性格，以及他时而沾沾自喜、自命不凡，时而犹疑彷徨、失落痛苦的情绪变化和层次。要表演出他如何在三位太太两个情人之间周旋，资本家间的应对以及与下级等人物关系的变化。还有他尚奢华重声色十分阔绰的生活方式，特别是要演出上海味来。

另一方面抓住关键时刻，抓细节的真实，抓他的矛盾心理。林宛芝三十大寿生日宴会，表面上灯火辉煌声势浩大，实际上则是徐义德对抗“三反五反”运动的一种情感宣泄，他想借此驱散内心的不安以寻求暂时欢

娱与安宁，可是人们的话题仍围着“三反五反”，无时不在提醒他即将来临的风暴。我特别从精神状态上强调他不由自主陷入沉思和茫然无望的失落恐慌感。送走客人之后，朱瑞芳又无理取闹吵着要回乡下去。徐在规劝朱的同时也预感到自己的厄运。我让他在神情上总是在思索什么他自己似乎也说不清的东西。待到梅佐贤深夜又来报告税务员方宇失踪时，他彻底感到灭顶之灾来了。在这将近一集戏的篇幅里，我抓住几个层次，从强作欢乐、顽固挣扎到茫然失落以致最后被击垮来体现徐义德的心理状态和个性。其他如坦白大会前后的一段戏，徐义德准备倾家荡产，忧心忡忡走出家门，到他深夜回家打开所有的灯光，叫醒家人共进夜宵并大声宣布：“我过关了！”这段戏着重表现他从悲观绝望中走出来达到亢奋的顶点。大起大落的情绪转换给我提供了施展的天地，这组戏从表演上我自认完成较好，在起落之间寻找恰当的分寸感，表达出徐义德在重大时刻无时不在变化着的复杂情感。

虽然是仓促投入拍摄边拍边思考，但我始终抓住细节的设想，每场戏开拍之前，先弄明白这场戏能够展示徐义德个性中的哪一部分，或是哪一小点？通过什么方式表达最为有效？在这场合会怎么做？他可能会怎么做？这样的设问帮助我自己展开了许多想象，从个性上着眼努力去找寻新鲜的东西，避免老一套重复自己过去的东西。

在徐义德与几位女性的关系中，较复杂的是二太太朱瑞芳，总是趁徐有重大事情的关头提出种种要求，徐对她基本采取妥协政策，奈何她不得。有这样一个小插曲。倪以临设计了扯耳朵的动作，起初我觉得有损形象极为反感，向导演提出另拍一条文雅些的，张戈答应在最后补拍。可是戏拍下去以后，我仔细想想，觉得倪以临是对的，是我还没进入角色，仍以严翔的标准看待徐义德。其实这动作很有趣味，夫妻之间有真有假，安排在徐

我在第八届“大众电视金鹰奖”颁奖仪式上，左起寇世勋、李媛媛、周洁、奇梦石、白杨。

1990 年，在获得“中国电视剧飞天奖”最佳男主角后，我手持奖杯拍摄于上海人民艺术剧院。

与朱之间合情合理不足为怪。于是我又向导演提出可以不要补拍。

张戈是一位判断力很强的导演，又是总管组里内政外交的制片人。他事无巨细、滴水不漏，而且记忆力超群，每天六七十个有时多达八九十个镜头，娓娓谈来一句不差，然而事先并无分好的本子，全在他脑子里，要等场记记好才能成为正式的分镜头本。这种方法，刚开始我很不习惯，也不放心，每天总是急忙化好妆，尽早到现场听他讲分镜头。可是几天下来就放心了，可以利用这宝贵的时间想想戏。临时分镜头事先没有什么框框，进入拍摄可以较自由地听凭感觉的驱使，兴致所至随心所欲地演，获得较多的新鲜感。三太太林宛芝拿着公文包和上衣从楼上下来送徐义德去工厂坦白交代这段戏，分下来有十多个镜头。张戈让我和李媛媛一遍演完让他看看。我俩都是舞台出身，做惯了小品，说演就演，一遍下来导演却认可了，可以不必再拍。原来导演事先已让各部门做好实拍的准备，这样一来，原先分好的近景特写都成了中景。我和李媛媛连呼上当，可是看片子，确实自然流畅没有表演痕迹，也只好依导演了。每逢重场戏之前我和导演事先都要交换想法，“密谋”一番，有时我只提出一种简单的意向或仅仅是某一神态和动作，与导演构思结合起来就成了很有趣的东西。

《上海的早晨》为我提供了丰富的天地，可以随心所欲即兴地自由发挥。徐义德是我从艺以来所演的最大、最为复杂的角色，因此可以最大限度地演出他的每一个侧面，半年多的朝夕相处，让我过足了戏瘾。之前我特地向电影学院两位专家讨教，他们都认为话剧演员的表演方向性太明确，随意、模糊不够，容易演得过重过浓。这次演徐义德，时间不允许我事先做较充分的准备，主要靠现场的直觉感受来判断，决定取舍，更主要的当然还是得靠真情实感的捕捉和体验，摈弃了许多理念的东西，减少表演上多余部分，因而能松弛自然地投入。

第八篇章 与知识分子的“神交”

影视剧不应该是“演”出来的，对爱“演”戏和善于表演的人，更应该在意识中着意排除“演”的弊病，用“我就是”的心态站在镜头前。什么眼神、形态都可以不屑一顾，随心所欲地做事、思考、行走、奔忙……人物也就自然而然、水到渠成地出来了。

1987 年，北影厂出品的电影《问天何时明》中我扮演郭沫若的造型照。

郭沫若，苦心觅诗魂

我自幼生长在知识分子家庭，从少年时代起就接触了许多大大小小的知识界人士。他们的音容笑貌，言谈举止，至今仍清晰地存留在我的记忆里。

当我走上银幕和荧屏后，小时候的记忆就忽然冒出来，派上了大用场，助我塑造了很多知识分子形象。比如早期《405 谋杀案》中的摄影记者方明山、《祸起萧墙》中的总工程师梁友汉、《城南旧事》中的英子父亲林全文、《蓝屋》中的顾鸿飞，之后有郭沫若、潘汉年、胡汉民、朱自清、张伯驹、吴孟超、老舍等等，还曾扮上古装，演过唐代大文学家韩愈、宋代大文学家苏东坡等。我简直是马不停蹄地在塑造知识分子、文化名人的艺术形象，也让我幸运地走进一个又一个著名文人的精神领地。

为了避免雷同，我尽量抓住个人的神韵，在外貌、神态、举止等各方面下功夫，显示出差异，效果倒也不错，最让我高兴的是，郭沫若这个角色居然还“骗”过了熟知我的黄老，让我欣喜不已。

记得二十世纪八十年代末的一天，我碰到了黄佐临先生。那一阵，在剧

院新落成的小剧场，正有一部新戏在彩排，佐临先生去看了，他站在后排观众席的边上，和每个过往的同志们握手。和我握手时，我的手被他握着久久不放，但是佐临先生只是对着我笑，什么也没说。几天以后，又是同样的场合，佐临先生依然站在老地方，握手后，立即对我说："文代会闭幕式的晚上，放映了电影《问天何时明》，整个放映过程中，我都没认出是谁演的郭沫若，等我回到房间问起别人，才弄清，原来是你！"说这话的时候，佐临先生显得格外兴奋，声音也比平时大。这时我才恍然大悟，为什么上次佐临先生握住我的手含笑不语，他是真心地为后辈获得的成功而喜悦啊。

听到这样的评价，顿时心花怒放，喜悦飞上眉梢，这真是一份太珍贵的褒奖了！同时也十分羞愧，每逢遇到类似的交谈时，我只是在一旁傻笑不语，连一句表示感谢的话都没有说过，几十年来也没有留下一张与黄佐临、杨村彬两位导演的合影，只留下了深深的遗憾。

我演过许多古今名人，其中与郭沫若先生的缘分恐怕是最深厚的。郭沫若先生是我国杰出的著名作家、剧作家、诗人、历史学家、考古学家、社会活动家，他才华卓著、学识渊博，二十世纪初以来不断从事爱国活动，敢于向黑暗势力斗争，让我非常敬佩。因此，二十世纪五十年代，我就做起演郭沫若的梦。虽然一盼就是二十五年，但耐心的等待终于迎来了一份"厚礼"，最终让我梦想成真。在电影、电视中，我演过郭沫若三次，演他的时间也最长，前后有五年之久。最开始时，是在《徐悲鸿》中演郭沫若，在形似和个别情绪表达上有所收获。第二次在《沧海一粟》中演郭沫若，表演更从容自如了。第三次就是在电影《诗魂》（后改名为《问天何时明》）中演郭沫若。

拍《问天何时明》时，我开始发胖。当时的年纪要再减肥，不适合做剧烈运动，临时减肥可以瘦脸，却无法瘦去肚子。事情往往这样，无意之中发现你很像某人，但是刻意捉摸时又觉出差异了，我的眼睛和耳朵、鼻子不像郭沫若。化妆师也没了办法，最后还是我出的主意，把眼睛粘成缝样的长眼睛，鼻孔塞进两个棉花球，再用纱布把鼻头吊上去粘平……最难办的是耳朵。郭沫若的耳朵是招风耳，不知怎么回事，很多大名人孙中山、胡汉民以及郭沫若等无一不是招风耳。而我是贴耳朵，演起伟人来就苦了。先用回形针弯曲成需要的角度贴在耳后撑起来，再用胶布粘住，效果确实很好，但是时间一长就钻心地疼。后来改用香烟的海绵头来支撑就好受多了。

在语言上，我大胆地讲普通话，特别是开始的部分，然后逐渐一点点地加入些方言味，在他高兴或是激怒时，说一句半句的四川方言，用来表达情感。到与汉英念儿歌，与乐山青年亲切交谈时，则尽可能讲纯正而浓郁的乡音土语。只是在演说到激动处稍稍采用了那曾在广播中出现过、独具一格的、只有郭沫若才有的朗诵味道。一开始讲普通话时，一些老朋友还不适应，感觉像严翔的声音，但是我坚持了下来。因为我觉得，语言是随着情绪走的，不同的场合使用不同的语言，生活里就是如此。事实证明，我的坚持是正确的。

在《问天何时明》里演郭沫若，对我来说，其实担子不轻。《问天何时明》中的郭沫若正处于他个人艺术和政治上的巅峰时期。

我很喜欢编剧者岳野同志在《问》剧中为郭沫若这一特定历史人物所安排的许多场景。初读文学本就被郭沫若内心深处所回荡的时代激情所感染，不由流下热泪。当然我也更懂得这些地方是将来能打动观众的地方，这正是我必须下功夫认真对待的。作者一反过去写领袖人物的四

平八稳，只求政治上无过、艺术上平庸的做法，把郭沫若当年在国民党统治下的悲愤心情，敢于拍案而起主动出击的爱国情怀；文学创作上才思敏捷的风流文采；与反动文痞嬉笑怒骂妙语周旋时的轩昂气度等等；都刻画得相当生动真实，这一切都激起了我的强烈的创作欲望。

在仔细阅读剧本的同时，我开始诵读郭沫若的几种主要著作。在这方面演郭沫若是得天独厚的，还有谁能留下这么多年轻时的传记、日记，而且又如此真诚坦露、直言不讳呢？这些文字资料为我提供了许多美好的想象。我尝试着用四川话读郭沫若的一些日记、短文，感到十分亲切。我的童年与郭沫若的童年有不少相像的地方，这也缩短了与他之间的距离感，产生了某些信念。我在住所的墙上，贴满他各个时期的照片，我好像能透过他的眼镜片感觉到他那深邃、聪慧的目光，通过他的文字感受他的为人、个性，渐渐地，他的思想、气质、形象在我脑海中仿佛活了起来。

二十世纪四十年代初期，郭沫若正处于他的第二个巅峰期。艺术上、政治上都十分成熟，虽任职国防部第三厅政治部主任，实际上是不准走出青木关一步的。因此当叶挺被国民党关进重庆监狱时，一时激情骤起的郭沫若被深深地激怒了。他的不朽名著《屈原》正是在这样的背景下酝酿、构思出来的。

《问天何时明》影片所表现的，正是从写作到演出胜利结束这半年的时间。激情的闸门一旦开放，一泻千里，不可遏止，郭沫若把内心深处的积郁，把他的全部悲愤、怒懑化作一句句精彩的台词，有如一支支利箭，射向那黑暗的夜空。拍摄时，我选择将他敢于搏击长空的民主斗士的激情和浪漫主义诗人的气质风采，作为统一全部戏的两个主要色块。是浪漫的，但更是革命的，把握得好就有了灵魂，这就是人之魂和诗之魂的所在了。

拍摄过程中，我的注意力始终在那些最主要、最能打动人的几场戏上，不断丰富和积累各方面的感受。其中，有一幕戏“郭沫若深夜长跪街头”让我印象尤为深刻。在试片会上，观众们也一致认为具有强烈的感染力。那一幕是：郭沫若等人满怀着首演成功的喜悦心情，请两位演员共进夜宵，碰到国民党官痞殴打滑杆夫，郭沫若路见不平怒斥军官，救下滑杆夫和五个孩子。郭沫若面对跪在地下的孩子们也不由自主地跪下了。按电影的镜头顺序，充其量只能演出郭沫若的善良，空有救国抱负却无力挽救人民于危亡之中。由于谴责自己，因而痛心地跪下了。话说回来，如果能拍出这样的效果来，就算是不错了。可是我认为这是一场有深刻内涵的戏，既然能跪下去，必然有其内在原因，单靠郭沫若的两三个近景特写无法感人。经过思考与导演共同的探讨，决定给孩子们足够的近景镜头，先得让观众喜爱和同情这些孩子，实际上则是为郭沫若的戏做了铺垫，但仍感到缺了些什么。

对于郭沫若深夜长街下跪这一细节早就有争议，特别是郭沫若亲属们一再提出，怕这样一来会把郭沫若演成了疯子。而我从读本开始就特别喜爱这一情节的描写，觉得一定可以拍成一场好戏，是郭沫若那种兴致所至、无所顾忌的个性的最好体现，是画龙点睛之处，是郭沫若为人的灵魂所在，如果一般化，就太可惜了。但是要使他在彼时跪得下去，得找出其内在原因并加以体现。我们想到，五个孩子应该牵动了郭沫若的情思，远在千里海外的那边，不也有五个孩子吗？这场不义的侵略战争使他们离散两地。妻儿现状如何？是否处于某种危险？是否也像面前这五个孩子一样？对远方亲人的思念使他不能自持，情不自禁蹲下身来，抚慰那最小的女孩，当郭沫若发现她衣着单薄，在寒风中颤抖，便再也控制不住自己，敞开大衣，紧紧把她搂在怀里。镜头缓缓推成郭沫若的特写，此时郭沫若的心被刺痛了。

郭沫若与学生们在一起，东方闻樱饰演余立群。

电影中郭沫若在话剧《屈原》成功演出后与演员一起答谢观众。

沉思中的郭沫若。

我认为这场戏发挥得较好，准确地找到内在依据和表现方式，表现了这种只有郭沫若才具有的复杂情感，这就是郭沫若特有的内心痛苦，表演上并没加以任何说明，但懂得这段历史的人一看便知。如果回避了它，必然会成为那种放在任何伟人身上皆可的一般化描述。

《问天何时明》中，绝大多数场景在拍摄前多少都经过一番推敲和斟酌，以便找出较为恰当的表达人物的方式。更主要的是想寻觅与确认准确而又有表现力的细节，因为哪怕是一个微小动作，对整场戏，对体现性格以及对情感的表达都可能会起到巨大作用。作为演员，我常常超越范围、“多管闲事”，可马尔路、王彪二位导演总是虚怀若谷，每场戏拍摄之前总是充分听取意见。我想方设法争取导演理解、支持我的想法，不放弃作最后一步的努力，最后我常常是直接得益者。

我演的郭沫若，很多观众觉得“没有那么多痕迹，较为真实、自然”。其实，既要演出郭沫若情绪多变的个性，又要自然贴切其实是很难的。其一，郭沫若性格是多侧面的整体，感情起伏多，幅度大，演来必定十分浓烈多彩。但是电影表演不允许任何夸张，否则你演得再鲜明也无法使观众相信他所看到的一切都是真实的。因此我时时警惕，不要流露出舞台味，必须重笔轻拂、举重若轻，让情感自然流露，多创造出一些生活的流动感和随意性。其二，“呼唤雷电”“风雨豪情”和“舌战群顽”三场，都是在群众中演说的重头戏。在我看来，如果说“雷电颂”是爆发自心灵的倾诉，“风雨豪情”则是对胜利充满希望的呐喊，那么对群顽的舌战则是面带微笑的雄辩。这样，三场戏我在表演上也就区别开了。

其中，“舌战群顽”是郭沫若最主要的一场关键的重头戏，发展至此进入高潮。《屈原》演出获得巨大成功，威震山城，蒋介石派出张道藩，出动大批文痞流氓，表面上组织记者招待会，实则对郭沫若进行围攻。

导演和摄影师涂家宽精心安排了两个三分多钟的长镜头，让郭沫若从容地在这些右派文人之间走动，这当然为我提供了很大表演空间，可也苦了我，要回答众多的提问，每个镜头都有二三十句词，还得走准五六个焦点。以往拍戏，习惯不事先背词，我认为带着点生说词，可以有思想过程，会有随意性。这次幸好事先因估计到词的文学性，考虑到准确无误的词就是表现思想、文采的最好手段，我把台词背得烂熟，却也帮了我的大忙，我可以专心致志于技术要求上，放弃原先哪怕是极细小的设想，对我表演反倒很有利。结果只一遍就通过了，台词、步态、举止都流畅，颇有种随心所欲、痛快淋漓的感觉。郭沫若巧妙地避开学术之争，切中要害，既是猛烈反击，但绝不过分。郭沫若说自己“不爱放闷烟，专爱点大炮”，我想这该是最生动的体现了。最最畅快之处是，他用手指不断点着张道藩，嬉笑怒骂，似假又真，妙语如珠，极尽嘲讽之能事，形成一串串连珠炮了。有意思的是，原先早就定好的那件藏青夹袍在现场怎么也找不出来了，只好临时在群众服装里找出一件淡色蓝灰长袍，没想到却是歪打正着，在珠光宝气、华盖如云的贵宾群中显得那么淡泊随和、朴实无华，更具一番神采。

演郭沫若是我人生历程中的一个印记，为靠近郭沫若做过巨大的努力，产生了超过一个演员与他扮演的人物间的难分难舍的感情。由演戏而在思想境界跨上一个新台阶，是我最大的收获。

这是我扮演朱自清时随意而拍的一张照片。如果仔细看，可以发现长衫下能隐约看见翻过来的牛仔裤裤脚，但这意料之外的“定格”恰恰留住了“朱自清”的“神韵”。

朱自清，普通人的不普通

如果说郭沫若个性浓郁似一瓶浓酒的话，那么朱自清就是淡泊似一杯清茶了。但共同的特质就是忧国忧民、内蕴丰厚、思想深邃。

1991年9月，我接到江苏电视台导演李忠信的长途电话，邀请我出演《朱自清》。李导说，他们原想找一个身材矮些的人来演，可走遍全国各文艺团体也无合适人选，所以决定放弃身材方面的要求，个子高些也无妨。于是首先想到了我，过去我们曾有过两度合作，彼此了解。接到电话，我是按捺不住地高兴，演完《上海的早晨》后，接连演了六七个资本家，两年多来终于盼到了一个好本子。

翻开剧本《朱自清》，只读了十个场景，就立刻被它淡雅隽永的文学气息以及朱自清热诚谦和中又不乏幽默感的个性吸引住了，一口就连续读了三遍。不过，在中国，能够背诵《背影》《匆匆》《荷塘月色》的人大有人在，见过朱自清照片的人也不计其数，所以要演好他对于我来说不是件容易的事。

为了走进朱自清，我看了朱自清的文集，甚至抄录朱自清的文章。那段时间，一大早我在大操场晨练，面对东方，沐浴初阳，尽情呼吸新鲜空

气，一边做气功、慢跑，满脑子想的都是有关朱自清的资料。

我非常喜欢朱自清的文字，淡雅隽永，写出来那么的自然朴质、顺理成章，时而充满幽默感，流露出许多的思念以及各个时期的人生杂味、生活体验，看似平凡却又包含着强烈的内在情感，能让人真真实实地感觉到一个老实、谦和、诚恳正直、温厚朴素的作者的存在。这个以普通人自居的诗人、学者、伟大爱国者，不普通。

在《论无话可说》中有两段这样的话："我的'忆之路'是'平和砥''直如矢'的，我永远不曾有过惊心动魄的生活，即使在别人想来最风华的少年时代，我的颜色永远是灰的。我的职业是教书，我的朋友永远是那么几个，我的女人永远是那么一个。有些人生活太丰富了，太复杂了，会忘了自己，看不清自己，我是什么时候都知道、记住，自己是怎样简单的一个人。"这些话让我有很多类似的感觉，因为我也是爱做自己想做的事情，演向往的角色的。此番演朱自清就是如此，尽可能地做好、演好，这便是最大的满足了。

准备了一段时间后，经李忠信的介绍，我特地赶往中央党校，访问了任党史研究室主任的朱自清长子朱乔森。朱乔森很关心由谁扮演他的父亲，他建议要把握住谦和的感觉，是狷者不是狂者，狷者有其独特的气质。他很希望我能演出朱自清作为文学家的真诚和学者的认真。

把真诚与认真和文学家、学者联系在一起，这个提法很好，启发了我，这也是我在读朱自清许多作品时感受到的。他真诚地把自己写出来，不矫饰，不虚假，这就是朱自清。看来要演得令熟悉朱自清的人信服，足够艰难的了。

九时许从乔森住处出来，已是深夜了。朱乔森矮矮的个头，已经发胖的身材，微微灰白而稀疏的头发，还有那副戴得非常自然的眼镜，与他父亲照片上给人的印象极为相近。半个月以来，我的信心头一次动摇了，我与朱自清在外形上相距实在太远，信念感顿时丧失许多。怎么办呢？演还是得演，不过还得加把劲才行！

既然外貌上的差距很难逾越，我便一直在精神气质上去努力寻找契合点，抓住朱自清那种大智若愚的感觉。外貌上，我抓住了朱自清的木讷、不苟言笑，一副细黑边眼镜上面，眉毛很浓。我就跟剧组里的化妆师要求，一定要帮我画像朱自清一样的浓眉。我感觉朱自清这个人内心很丰富，他对子女、对父亲的爱，对国家民族的爱都非常深厚。他参加过五四运动，在天安门时，子弹曾挨着他的头顶飞过去，但他的表情一直风平浪静，从不会流露内心波澜起伏的热情。他拍那个全家福的时候也是这么一张脸。所以我觉得，应该在眼神上有所突破，粗看，是近于木讷的眼神，但仔细看，是一对深邃的眼睛，似乎总在思索着什么，饱含无穷智慧的光彩。

拍了一阶段戏后，我似乎找到了些创作状态，放松自如，自由自在。我不强迫自己冥思苦索，寻找那种随心所欲的轻松感，即便是正式拍摄前的一刹那，仍能从脑中跳出既新颖又符合人物和剧情的想法，不使表演固定，而是可随时调节的活跃状态。根据以往的经验，有了这样轻松自如的心境，是个不错的开始。

我演过郭沫若，因此此次演朱自清，尽力避免郭沫若形象的影响，说话时特意让节奏慢下来，尽量不做过大的动作，激情来临时，也只是内心的翻腾，并不体现于外表。还有那至关重要的眼神，与郭沫若的激越奔放正好形成对比。

《朱自清》剧照。

1991 年，电视剧《朱自清》剧照。

朱自清是个非常有中国知识分子特点和气节的典型代表，中立者为焦晃饰演的闻一多。

不过，在拍戏过程中，我也跟剧组人员有过争执。

一次在中山门外一个非常幽静雅致的湖边草地，拍朱自清给西南联大学生上“散文”课，当时是按朱自清照片上的形象装扮的，一件淡米色旧西装、白西裤，脚穿一双白皮鞋。我觉得这双皮鞋太漂亮了些，加上这身穿戴太像唯美派画家，演徐志摩还可以。可导演坚持认为，朱自清的形象要舒展得像他的文章一样，要美。拗不过导演，我只好穿上了漂亮的白皮鞋，在拍远景时故意站在草多的地方。

还有一次，朱自清书房布置停当，许多场重头戏将在这里拍摄，导演特地安排一天不拍戏，主要演员全部到场感受一番环境，走走戏。可是，一进场，我就傻眼了，好心的美工师在房间里布满书架，大部头成套的古旧书占了主要位置。朱自清如果有这些贵重书籍，也不至于穷得挨饿了。于是又一场争执不可避免地发生了。美工师一气之下拂袖而去，令大家十分扫兴。导演只好下令全部撤出，重新再来，就在撤空所有摆设之后，李忠信导演的灵感来了，突然宣布晚上拍“朱自清灯下夜读”。临时招来了化妆师，架起摄像机。深夜一支烛光摇曳，朱自清从木箱中抽出一本古书，轻轻地翻开，静坐在空无一物的书桌前，感慨读书人在八年战乱之后，终于有了一个可以读书的地方。房间内电灯改成了蜡烛，恰似一幅空灵的中国画，意境完全改变了。

电视剧《朱自清》从1991年9月21日在南京开拍，辗转扬州、北京等地历时两月有余，一部上下集的电视剧有这样充裕的时间和良好的条件，当时颇不容易。为了赶紧拍朱家的戏，接连一个星期，每天天不亮就化妆，直到深夜十一、十二点。有时晚间躺在床上看剧本，竟不知不觉和衣而卧到天明。很多时候，拍摄中有五小时的睡眠就算不错的了。

对于朱自清这个角色塑造，我还是蛮满意的。我与朱自清虽然外貌上相差很大，但在某些气质上很相像，一样喜欢质朴真实，对于喜爱的事业有着孜孜不倦的专研精神，因此才能舒展自如地在拍摄中展现朱自清的“真感情，真性情”。

在我的影册中，有一张照片，我穿着一件长衫，左手拿着杂志，右手撑着一把棕红色的油纸伞，戴着一副黑色的眼镜，嘴唇抿着，眼神望向远方，似乎在深思。这是我扮演朱自清时拍的照片。如果仔细看，可以发现长衫下能隐约看见翻过来的牛仔裤裤脚。这是一次随性而至的拍照，但意料之外的“定格”恰恰留住了“朱自清”的“神韵”。

那时，连着拍了三四天的戏，我已经累得不行，忽然通知我下午没有戏，我就跑到楼上的空房间。房里面放着服装、包袱等杂物，身心俱疲的我也顾不了那么多，躺下来就睡了。睡到四点多，有人叫我拍戏了，我就赶紧起来了。这时候外面微微下了点小雨，我忽然想到，不如拍张照吧，就把长衫穿上，裤子都来不及换，就撑着一把伞、拿了几本杂志出去拍照了。当时是戏内还是戏外，是进还是出，我已经全然不顾了，我只是抱着“我就是朱自清”的生活状态来拍摄的，反倒成为最传朱自清之神的这么一张照片。后来这张偶然拍摄照片就变成剧组的宣传照了，做封面啊什么的，全部是这张照片。

我想，演戏也是如此。影视剧不应该是“演”出来的，对爱“演”戏和善于表演的人，更应该在意识中着意排除“演”的弊病，用“我就是”的心态站在镜头前，不需要“演戏”的意识。什么眼神、形态都可以不屑一顾，随心所欲地做事、思考、行走、奔忙……人物也就自然而然、水到渠成地出来了。

《净魂》中我饰演方荣翔。

粉墨菊坛扮精英——方荣翔

我从小喜爱京剧艺术，爱唱爱看，特别是票过几回戏，小丑、小生、老生都扮过，不知不觉就受益匪浅。扮演一位像马连良这样的京剧大师是我多年的夙愿，因为我自知演马连良无论从形象或是气质来说，都是较为接近的，而老生的唱念做打，似乎还不太难，觉得有这种可能性，所以在这方面暗暗做过一些积累。只是这扇门一直没有打开，却出现了另一扇窗——方荣翔。

1991年初冬，我忽然收到了电视连续剧《净魂》剧组的邀请，扮演方荣翔。京剧表演艺术家方荣翔，16岁拜裘盛戎为师，专工裘派花脸。要扮演这样一位独特的艺术家，剧中还要唱几段，难度很大，但我还是接受了。原因有二：第一，1987年我在北京拍《问天何时明》时，从电视中看到方荣翔心脏大手术初愈，立即参加第一届中国艺术节开幕式，高歌一曲，声震屋瓦，观众报以如雷般的掌声，经久不息。当时留下极其深刻的印象，钦佩之情油然而生。第二，《净魂》导演带来一张方荣翔年轻时与乃师裘盛戎先生的合影，觉得在造型上我还有那么几分相似的可能。当然最最主要的是，我自幼就对京剧艺术迷恋，这些促使我有点忘乎所以了。老实说能否胜任，心中实在无底，直到看了方荣翔生前的生活录像，才稍稍放心。原来方荣翔本人极为平和、谦虚、温厚、善良，就是

那么一位普通，朴实、温和的一个好老头，与他在京剧舞台上塑造的那些充满刚烈之气的悲壮人物截然相反。我从内心深处与他开始接近了。

尽管二十世纪五六十年代，我曾票过那么几次戏，但影视戏曲片在唱腔上有严格的要求，口型、气口等一定要极为准确，否则立刻会产生虚假感，对这些我是有所了解的，因此事先即与导演谈妥，除了《奇袭白虎团》中王团长的一段连唱带做从头演到底之外（现代戏好办，这段“样板”戏，当年不知看多少遍），其他剧中《铡美案》《霸王别姬》《姚期》《锁五龙》等传统老戏都由方荣翔的高才弟子、得意门生来演。我的所谓“唱功”戏，都安排在后期拍，这样我就相对轻松些了。

谁知开拍的当天下起了鹅毛大雪，为了抢拍雪景，把方荣翔参加部队演唱《草桥关》的戏大大提前了。这下我抓了瞎，花了整整一个晚上，总算把六句唱拿下来了。可第二天一睁眼，竟忘得干干净净。怎么办？我知道这是临时抱佛脚的必然结果，急也没办法。实拍时，我提出请副导演方立笙（方荣翔的长子，也是净行演员，工架子花脸）站在摄像机后边，我唱他也唱，那些复杂的气口、眼神、手势，连同头部的晃动，都对我有所暗示，这样我心情就踏实多了，演得也较自然。拍下来一看居然过得去。

事后我对导演说：“咱们下不为例，以后可不能搞突然袭击。”谁知导演却说：“老严，既然你能对付得下来，我想多加些唱段，整个戏会更有特色，对塑造方荣翔也有好处。”这话不无道理，我只得同意。此后，隔三岔五，场记就会递上一张条子：“老严，明天要加唱这几句”。有了头一次的经验，我潇洒多了。加就加，反正可以如法炮制。

一个多月后，要拍方荣翔特地从医院出来为儿童福利事业义演《坐寨》，

其中要唱那段长达五分钟的著名裘派唱段“闯龙潭入虎穴某去走一场”，居然有板有眼严丝合缝，挺像那么回事。山东省京剧院乐队的鼓师冲着我翘大拇指，说：“老严练出来了。”我自己也觉得十分欣慰。可是到配音时才发现，由于唱段显得多了些，已决定把这段清唱全部抽掉，代之以刘欢唱的主题歌《谁叫俺志同道合》，想不到我最最成功的演唱变成了无声的空画面。但这样的改变调剂了全剧中演唱部分的多样化，增加了总体的完整性。当然，我的本事也没白练，今后有机会还是要找个合适的场合露一露。

唱花脸的标志是剃大光头，既然演了，我就做好了剃头的准备。可是戏中情节又规定：二十世纪七十年代样板戏时期，一概不唱老戏，谁要是剃了光头，是会遭非议的，因而也就无须剃头，否则缺乏时代感。而我穿中山装戴上那顶灰卡其的干部帽又最像方荣翔，所以以这种形象出现的场合较多。就这样戏已拍摄过半，拖拖拉拉，始终找不到剃头的恰当时机，况且有了较为理想的形象和角度，导演也似乎默许可以不必剃头了。可是，我深谙观众的心理，特别是那些热爱京剧的戏迷们，如果整个八集戏中都没有剃光头的戏，他们是不会谅解的，会认为一定是演员耍赖不肯剃头，我不想承担这种非议。

为了增加观众的信任感，几经踌躇，我终于下定决心，趁进摄影棚拍方家内景戏时，自作主张把头发给剃了。大家没有这样的思想准备，看到我走进摄影棚，众人全愣住了，竟有人说像蒋介石不像方荣翔。如此卖力却未讨好，弄得我哭笑不得。结果这天导演不敢拍近景特写，唯一的一个特写镜头，被说是像日本人，也在第二天补拍成中近景。然而过了一星期，待头发茬子长出来后，却出现了一个崭新的平顶头形象，此时人们对我的光头不但接受了，而且还大大地赞扬了。以后如“二十年后

《净魂》剧照，向梅饰演方团长。

《净魂》剧照，方荣翔见老首长邓华。

由于饰演京剧大师方荣翔的契机，让我这个京剧迷得到特别待遇，和方荣翔的弟子们合影。

与邓华将军重逢”，“重病之中与徒弟说戏、诀别”等等重头戏，都是以光头形象出现的。

两个多月的拍摄，使我身临其境尝遍了方荣翔一生中的欢苦荣衰。他戏品高，人品更高，中国近代戏剧史中像他这样的演员并不多见。1988年赴港演出因任务负担过重，方荣翔心脏病再次发作，终于倒在舞台帷幕旁。人们惊慌了，不知如何是好，他却镇静自若，说出了他那句悲壮的名言：“宁舍一条命，不回一台戏”，硬是坚持把三出包公的折子戏演完，这需要何等的毅力和胆量啊！

电视播出后，首都京剧界一批方荣翔的老朋友认为我把握住了方荣翔的精气神，这使我极为快慰。想来，这成功就在于平时的积累。因为一直与京剧艺术关系密切，所以学演起来不费心、没有压力负担，可以把演唱与人物情感自然地糅合和在一起，增加了表演的真情实感。

演方荣翔让我学习和领悟到不少东西，一个演员从幼年起不分春秋四季，冬练三九夏战三伏，勤奋地练绝活，等绝活到手，演技炉火纯青，人也老了，应该是让台、告别舞台的时候了，前辈梅兰芳、程砚秋以及当年的方荣翔、关肃霜无不如此。然而舞台这块光艳四射的红毡毯上，始终吸引了一代又一代艺品兼优的精英们来献身，演员事业是需要牺牲的。

长期以来，塑造个性鲜明的人物的这种认识主导了我的创作，使我在塑造不同个性的人物方面获得成绩，但同时也妨碍我从本色表演去吸取营养，使这二者或多或少、有意无意地对立起来。真正有所觉悟还是在《上海的早晨》开始摸索，电影界的老朋友说有了很大进步，但还有三分之一有表演痕迹。直到后来演了朱自清、方荣翔两个人物之后，才真正有所统一，把挖掘出来的人物个性、细节和他所特有的情绪感情自然顺畅

地演出来，如同小河中的流水顺流而下，这大体上也就对了。然而做到这样的境地确实不易。以前在表演手法上只顾自己畅快淋漓、挥洒自如，真是得意忘形了。后来醒悟到，并开始做到统一，实乃一大收获。

拍完《净魂》回到上海后，里弄干部来动员我买股票认购券，可是没有听进去，脑子里还是方荣翔的形影，挥之不去，一张认购券也没买，结果放过了一次生财的机会。也许命里注定我只会给人家“抱孩子”，自己却不会去抱财神。角色的诞生是辛苦而又痛苦的，有的时候，我会闪现这样的想法：演员扮演一个角色就好像奶妈奶大一个孩子，用心血化为乳汁把孩子喂养大，最后孩子壮实了长大了却离开了。

这种奶妈抱孩子的想法，在早期我还从未有过。那时强调革命性，组织纪律严明，接受一个角色战战兢兢，带着惶恐的心情，虽然投入全身心，但是总觉得距离人物很远，很不踏实。只是老老实实勤勤恳恳地演戏，一个戏接着一个戏。直到举行会演得了奖或是评级时得到提升，这才意识到我们中的某些同辈获得了某种程度的成功。不像现在的年轻人，一个戏的成功就好评如潮，颂扬铺天盖地而来，立即身价十倍。现在有些演员可以在一夜之间名声大噪。过去的岁月，哪有这样的机会。我们永远在戒骄戒躁，尾巴夹得紧紧的，认认真真对待每一个角色。不知当今有多少走红的青年们有我们这一辈这样的情怀。

这张照片由摄影家刘延平拍摄。

第九篇章 那些“有缘无分”的文化名人

去演领袖名人，就是要介于像与不像之间，似像非像。这样可以给观众一个活跃的思维空间，一块想象的天空，一种新鲜的感觉。

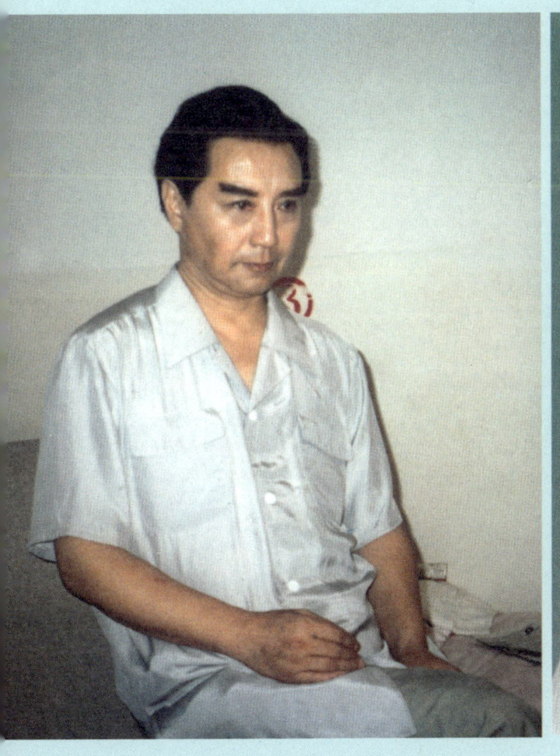

1996 年，“周恩来”试妆照。

1996 年，“毛泽东”试妆照。

像毛泽东，又像周恩来……

自1945年起，我先后演出舞台剧近80出，电影15部，电视剧50多部。在我众多的造型照中，有两张特别的造型照，一张是毛泽东，一张是周恩来。朋友们看到后都禁不住问我："你什么时候演过这两位伟人的？"咳！事由天成，说起来话就长啦！

1994年我在《黄齐生与王若飞》中演黄齐生，一路拍戏去了陕北。到延安的当天，住进招待所。到了就餐时间，我走入饭厅，一位很年轻极淳朴的服务员主动上来问我："您是演毛主席的吧？"这一问，问得我惊讶不已。那天我根本没化妆，穿着白衬衣、灰布裤，只是梳了头、洗了脸，连镜子也没照。在延安这个毛主席长期生活过的地方，居然有人如此发问，使我精神一振，心中不由得冒出一个念头：莫非我也能演毛泽东？以前，我只觉得我的前额宽阔，演郭沫若正合适，至于毛泽东么，我眼睛稍稍眯起，上半部脸型与他晚年的标准像略有相似，除此之外，并未作过任何奢想。

过了几天，我们一车演员化好妆去枣园拍戏，不料在路上受阻。大批石匠在延河边拓宽路面，叮叮当当的铁锤声此起彼伏，颇为壮观。坐车中无事可做的我就决定下车去走走。不料，工人们见到我，顿时就围上了。

当时的我是“黄齐生”的装扮：蓬松长发又是络腮大胡子，可是众石匠偏说我像毛泽东。我还特意追问一句：“是真的像吗？”一位五十多岁的壮年石匠很肯定地点头道：“像！”他一边回答，一边还把他正吸着的旱烟袋递了过来。我竟然也毫不犹疑地接过来，放到嘴边吸了一口，平时绝不会这样做的。后来我一直自问是怎么回事？也许是那时的场景让我联想起毛泽东与老农们打成一片的画面，就自然而然地进入了状态。我实实在在地体验了一回毛泽东当年的心态和感觉，同时内心也泛起一阵欣喜：“也许有朝一日，我还真可以扮演一回老年的毛泽东呢！”

因为这个小插曲，我也留意起了自己的外貌。平时我是难得照镜子的，也许是年纪大了，人发胖了，不想多看自己。招待所有面大镜子，出来进去时让人不由得会照一下，真仔细一照，连我自己也惊奇了，我向后背梳的发式和整个发胖的体型以及流露的气质，多少也具有了几分毛泽东的风范。

1996 年夏天，在北京演《大收藏家》中的张伯驹时，又惹起一阵说我像毛泽东的议论。试戏的片子拿到中央台作技术鉴定时，据说在场的所有人都说，严翔的扮相太像毛泽东了。组里，特别是出资的几位老总更是如此认为，觉得，不做修正，观众要“恍法儿”了，这是一种总体感觉。为了避免向毛泽东靠，化妆师特地在造型上做了改变。可是在拍摄过程中，一旦光线角度对了头，在监视器前的工作人员们常常会爆发一阵笑声，说：“毛泽东又来了！”既然有这样的可能性，也就更点燃我想演伟人毛泽东的希望之火。在化妆时，我常与化妆师韩梅芳女士交谈，她是个很有事业心的能手，我们相约在剧组行将结束时做一次尝试。

这一天终于到来，韩女士不愧是训练有素的职业造型行家。她的化妆箱

中各种用品应有尽有，连毛泽东唇下的肉痣都是现成的，她没有对照毛泽东的肖像，只是在我的脸上寻找感觉，下笔极为神速，大约只用了四十分钟的样子就完成了。有人一口气帮我拍了十几张造型照，这些照片都不乏神似之处。但是最令大家觉得相像的是手执草帽的一张。那天大家都来了兴致，有人找来一顶女式小草帽权充道具，我就模仿起 1958 年“大跃进”时，毛主席左手叉腰、右手执宽边大草帽看麦田的那张风靡一时广为刊登的画像。大家都觉得很像。我想大概是因为这幅画大家见得最多，又最能显示毛泽东平易近人的亲切感吧。

初战告捷，我兴奋不已。第二天的深夜，拍完最后一个镜头，韩女士在张伯驹的妆容基础上又帮我试了周恩来的造型，除了发型不理想，其他部位也相当成功。其中一张周恩来的造型照是，坐在床旁边的一张小桌子前，认真地写东西。虽然眼睛是看向下方的纸张的，并不清晰，但眉宇间的安详镇定以及专注，一目了然，颇似周恩来的神情。

见过这些照片的朋友们虽然感到惊讶，但也承认这是我自然流露的结果。我这张脸是一张能广泛靠拢诸多名人的大众化的底板，加上阅历的不断丰厚，这些年来又演过一系列的文化名人，只要外貌稍加修饰略抒神采，就可以向许多人靠拢。郭沫若、朱自清、方荣翔就这样靠过去了。我并没去演毛泽东，却常常让人感觉像毛泽东，不但形似，在气质上也很接近，深沉稳重，真是奇哉怪也！可是我一直没有遇到饰演毛泽东、周恩来的机会。后来，我又想，如果真是去塑造一个毛泽东的形象，观众可能又会感到某些不足、某些不像。由此也给我一个启示，去演领袖名人，就是要介于像与不像之间，似像非像。这样可以给观众一个活跃的思维空间，一块想象的天空，一种新鲜的感觉。

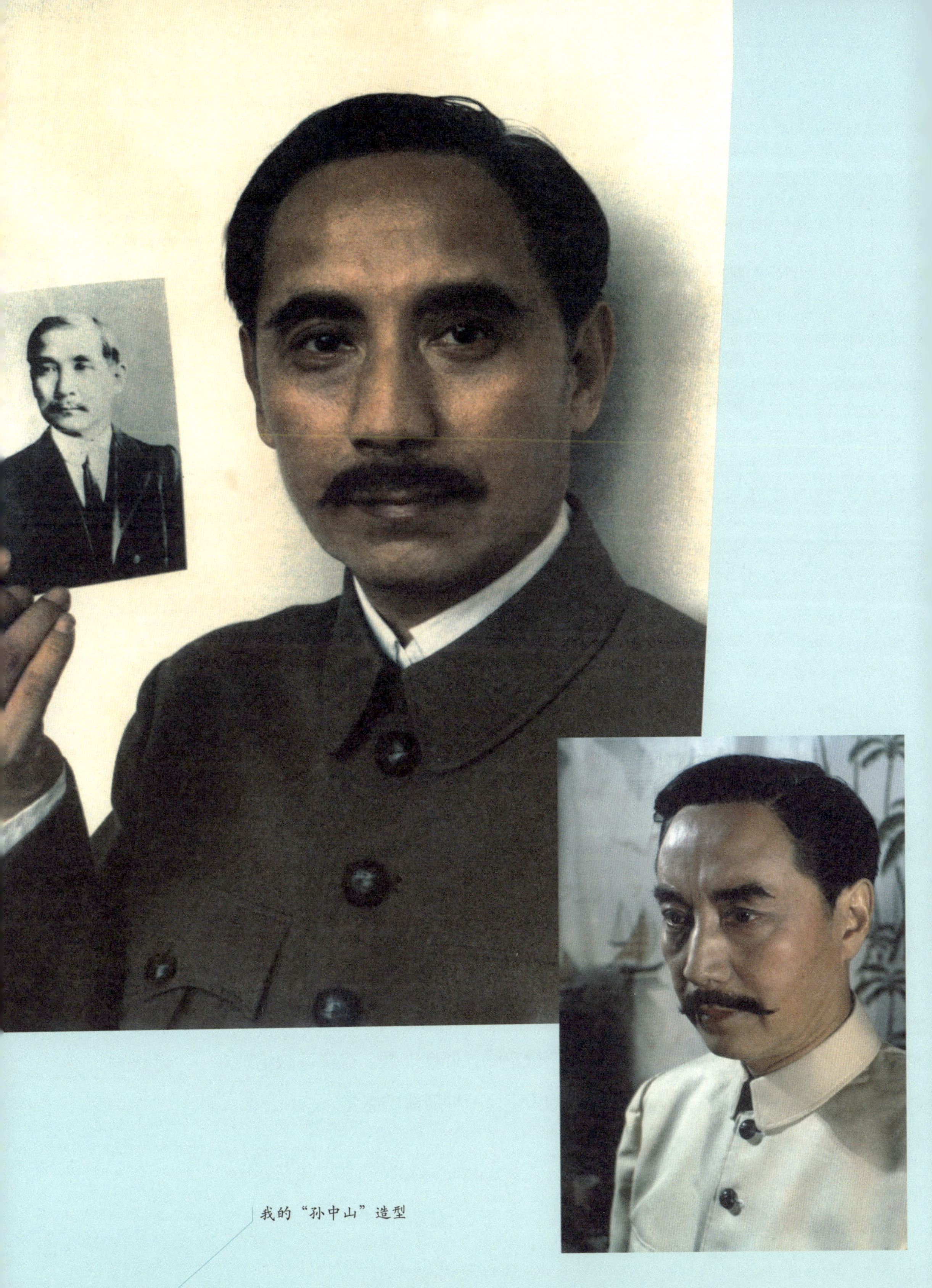

我的“孙中山”造型

那些“擦肩而过”的名人

除了毛泽东、周恩来两位伟人，一次我还被认为是孙中山。拍《大收藏家》时，戏拍到张伯驹决定将主要藏品捐献给国家，邀请亲友们前来观赏告别。这时张伯驹有一段极为动情的演说。为了渲染他思想的成熟，化妆师在他唇上特意加了小胡子。拍完后，群众演员们纷纷拿出相机，嘀嘀咕咕地说要和孙中山一同拍张照。“谁是孙中山？”我很惊讶地问。他们答道：“就是您哪！”这又是大出意料的事！并未刻意追求的，它却自己来了。

这一幕不禁让我回想起 1990 年与“孙中山”两次擦肩而过的机遇。第一次在 1990 年春末夏初，我在上影厂拍一部影片。另一部重点大片正在筹拍，他们的制片在大楼里占用了两间办公室，门上贴着影片的名字《开天辟地》。一天，我路过，看到办公室门开着，导演李歇甫和杨兰如端坐其中，我便进门去打招呼。老朋友多日不见，自然打开了话匣子。他们指着满墙贴的六七十幅肖像照片说：“正为物色这些人物的扮演者在大伤脑筋呢。”我随即扫了一眼，一排排整齐排列的照片上，都是民国史上实有其人的重要人物，正反面的都有。一时间我来了情绪，随口说：“我倒可以来一个，不过，要挑我就要挑最大的孙中山，怎么样？”谁知他们居然一口答应了。就这样当即拍板成交，约定了试装的日期。

我在《大收藏家》中饰演张伯驹。

老实说，我随口而出的想法，却也是个半玩笑的试探，心中其实早萌生过饰演孙中山的想法。1989 年，我在《贵妃之谜》中演唐玄宗。化妆师正是《开天辟地》的化装设计沈东升。在沈东升为我化唐玄宗的妆时，我就和他谈论过。我说，我很可能化得像孙中山的。可当时在化妆镜子里出现的唐玄宗年已 76 岁，白须白眉白发，双目失神，一派衰败之气，哪有分毫孙中山的神韵？沈东升当时没有答话，也就不了了之。时隔半月，由外景地返回摄影棚，拍唐玄宗初恋杨玉环的几场戏。这时的唐玄宗年龄一下倒退二十多岁，要向年轻英俊上找感觉。当沈东升为我梳起高高的黑色发结时，不由自主地叫了起来："来了，来了，孙中山来了！"他无意之中找到了"孙中山"的感觉，尤其是眼睛部位，冷峻、深邃、威严，眉目间的英气冉冉而起。这也正是我事先料想到的，只要加重眉眼的刻画，就可能出彩。

这些年演过孙中山的人可谓不少，有成功的，也有差强人意的。我心中也想过：人家可以演，我为何不去一试呢？此次恰好碰到《开天辟地》剧组，加上之前在沈东升手里也初步找到感觉，令我敢于向李歇甫导演提出要求试装的想法。

由于和化妆师沈东升事先已经有了一定程度的默契，试装颇为顺利，特别是在我的眉宇之间体现出了那种只属于孙中山所独有的深邃冷峻具有穿透力的气韵。很快组里告诉我已经定下来了。服装组长亲自来量了尺寸。按惯例，造型试下来仍不算数，量了尺寸才意味着成了定局。

片中孙中山只有三场戏，而这三场戏在整个篇幅中没很大的分量，演出压力自然也会小些。当我满怀期待等候开机的时候，却突生变故，换了人选，让我有些失落。但是世事难料，上天刚这边关了一扇窗，意外地，那里又开了一扇门。

与《开天辟地》失之交臂后的一个月，有一天晚上八时许，有位女士从北京打来电话，开口就自报家门："是严翔吗？我是潘霞。"她要是不直说，我还真听不出来呢！过去与潘霞虽有接触，但是并不熟悉。接着她又开门见山地直话直说："你干什么呢？有空吗？我想找你演孙中山，还是个主角哪！"我听明白了，不由得笑出了声。潘霞好奇又疑惑地问："你笑什么呀？"我笑着告诉她："真有意思！我这边刚失去一个演孙中山的机会，你又找来了。"接着我把之前的经过告诉了她。同时在心里盘算，这回可得问清楚，前边的事还心有余悸呢。我问潘霞："你根据什么认为我能演孙中山呢？"她的回答十分干净利落："看了《杨乃武与小白菜》，你跪在慈禧太后面前猛一回头那个镜头，就是孙中山。"好厉害的女导演！她确实具有独特视角和细致入微的观察力，同时又有强烈的激情。一个镜头，她就已经认准你就是了。

听了这几句话我完全明白了，她对我演孙中山已有了自己的主见，她还说这事在她这边已经定了。还有什么可说的呢？就冲着这，我也该答应了。何况又是这么大的一个角色。一个电话，不出五分钟就谈妥了，她还要我在上海找一位化妆师和好的美工师，人选由我定。

很快，剧本到了我手中，讲的是孙中山与李大钊二人由不相识到相知，互相敬慕对方的为人，国共两党的领袖人物加深理解，从而影响了孙中山在他生命的最后五年所做的重大抉择。故事和情节都有真实的基础，剧本写得精彩，两个主人公都性格鲜明、生动有力。

我当即约定上影厂的资深化妆师、前任组长杨龙生来造型。杨龙生看了本子也很兴奋，表示这回可要好好合作一把，并立刻着手准备。他找沈东升交换了意见，确定了方案。杨龙生很有经验，我和杨龙生过去曾两度合作，彼此印象很好，又极熟悉。那时文化局正在分房，我工作了

四十多年，住房条件亟待改善，对分房的事也不能不去关心，分散了我不少的精力。因此我们决定妆到北京再试。我们按剧组规定的最后报到日期去了北京，主要是与导演交换意见和试造型。

也许是我和造型师过于自信，待化好妆后才发现有问题。一照镜子，在我面前的是一个面庞丰腴、头发浓密、轮廓清晰俊雅、眉宇间神采飞扬的人物，说像孙中山，似也可以，但却是神情皆无的了。一时间，连我自己也觉得不满意，可又不知毛病出在什么地方。潘霞特地过来打招呼说要录像。她说本来不打算录像的，可台领导提出想看看。我当时觉得不太妥当，试妆明显感觉有问题，最好是先不录像，但是我还是没有回绝，大概过于乐观自信的潜意识在作祟。那时正巧家里来了长途电话说上海分房在即，人在场与不在场大不一样，要尽快回沪。于是我就又匆匆回上海去了。

造型上的毛病，我很快从自拍的照片中察觉到了，照片中的孙中山健康、雄伟、眉目间炯炯有神，可剧本所写的是他生命中最后的五年，艰苦的革命生涯已经导致他神形体魄大为衰竭了。但等我醒悟时，为时已晚。中央电视台专管电视剧的领导看了录像后，认为我在造型上与孙中山还有一定的差距，开拍在即，就决定仍用以前演过的那个演员。

人生如戏，处事如下棋，棋错一步全盘皆输，这一次，我是输得够惨的。本来利用这个机会可以有所作为的，哎！以后我也吸取了这次的教训，后来不管遇到何等乐观的条件，我都仔细认真地对待，把问题和困难都估计得足足的，与导演沟通交流得透透的，以免出现闪失。

对于孙中山，现在我手中可供回味的，只有两张第一次磨合时拍摄的照片。其中一张，身着孙道临演《非常大总统》时用的服装，右手在脸旁

我饰演过的一部分人物的造型扮相。

举着孙中山本人的一张标准照。这张像记录着我与孙中山在形象上处于像与不像之间，而在神态上却十分相似。这也是意外的收获。还有一份遗憾是，我去中山参观孙中山博物馆时，那天包里带着试妆照。可是坐车回去的途中我才想起来，刚才为什么不拍一张照片呢？我本人拿着试妆照，背景是孙中山的巨幅肖像照，那将是多么有意思的照片！但错过了就无法强求。

我对某些“人物”会有执念。一旦“钟情”于一个好的人物，我就会锲而不舍地想去扮演他，孙中山如此，潘汉年也是如此。潘汉年是个地下工作者，二十世纪二十年代投身革命，有过一段奇特经历。

二十世纪九十年代初，有一天一张报纸上发表了一篇短文，是著名的老报人徐铸成写的。文中提到，他看了电影《城南旧事》后，很有感触并提出一个想法：拍《潘汉年》，如果拍的话，建议于伶或夏衍或杜宣写剧本，建议由严翔演潘汉年。因为他看到《城南旧事》里英子父亲在病床时的一幕，尤其一个镜头推近时，他几乎脱口而出：“潘汉年！”他跟潘汉年是有过接触的。我的朋友看了报纸上的这篇文章后，告诉了我。我赶紧找来报纸，看后有些兴奋地想道：噢，他有这种感觉啊，那我也应该去思考这件事。后来我特地去徐铸成老人家中拜访，跟他交谈过。潘汉年这个角色对我产生了很大吸引力，只是因为题材很敏感，反复了很多年，最后终于决定要拍了。

当时的《电影时报》上有一期在第一版最中间发了一条消息：“严翔将扮演无产阶级革命家潘汉年”，而且套红。这样的宣传方式表明这个角色基本上铁板钉钉了，我也开始着手去准备。为了拍摄《潘汉年》，我付出不小的代价，先是推拒了广东一部三十多集电视连续剧的片约，描写的是二十世纪五十年代初由上海去香港的一批知识分子，剧本很好，

但我因放不下演潘汉年的欲望，生生地放过了。后来又是一部反映纺织厂下岗工人的戏《浦江春早》，演员阵营很理想，但是我仍因摆脱不了扮演潘汉年的诱惑，又放弃了。

可是不断地放弃与等待却一直没有等来剧组确定的消息。有人告诉我，严老师你知道吗，他们又去找了另外一个演员。后来剧组发布消息时表示，王华英演年轻时的潘汉年，严翔演老年潘汉年。

我足足等了五个月后，剧组还在究竟是一个人演到底，还是由王华英和我分演前后潘汉年这个问题上犹豫纠结。这时，我有了一份清醒，觉得这样呆等下去是否太痴太傻？是否得当？其实三十几集的戏，老年戏只剩下三集，我若参演的话，也不是一个全过程了。恰好导演巴特尔来约我，饰演电视剧《汉口往事》中一个实力雄厚的上海药业实业家，叙述他与一位京剧女演员长达十多年的感情纠葛。尽管《潘汉年》的导演朱一民再次挽留，希望我做最后的等待，可我已有预感，意识到不能再执迷不悟了。于是，我毅然接受了巴特尔的邀请。我回复朱一民的理由是，反正潘汉年的晚年戏要到明年春节才能拍，而那时我接的这个戏已经拍完，仍能践约的。这话说出十天不到，果然他们舍弃了两人合演的打算。我的预感竟是如此的灵验。否则白白付出五个月的等待，连《汉口往事》也失之交臂。

孙中山、潘汉年，我之所以能在外形、神态上与他们相像，应该是有一种说不清道不明的“戏缘”。我很希望能通过演戏的方式，在精神层面与他们有更深入地交往。可惜的是，几次似乎触手可及的机会，却最终失之交臂、擦身而过了，成为了我心中永远的遗憾！

第十篇章 幸福而“富有”的家庭生活

几十年来，我们一家人同舟共济，
经历过时代的动荡、生活的贫瘠，
却从未曾改变过航向，一直平稳
坚定地划向了我们憧憬的彼岸。
虽然未曾大富大贵，但很知足、
安之若素，我们所坚持着的特有
的生活方式，让我们永远欢乐、
幸福而“富有”。

我的业余爱好

我对养生考虑不多，但却往往成为人们关注的对象，初次见面的新朋友，总是觉得我比实际年龄要年轻许多。1985 年拍电影《日出》，方舒刚见面没两天就问我有什么养生之道。当时可真把我问住了。只能随便说你必有祖传养生秘方，一定得告诉我。”事隔 11 年后，方舒在北京见到晓频仍在说：“你那只有‘28’岁的父亲，他好吗？”

对养生我确实从未刻意追求过。我的生活极其普通，擦脸从不用高级护肤品、年轻时也只用最大众的牌子。皮肤也从未特意呵护过。五十年代，化妆油彩用得很厚，但是没出过毛病。卸妆时，就用冷水、洗衣皂，很好对付。如果非要说有什么养生秘诀的话，那也许就是有一个良好的心境：不怨、不烦、不怒、不恼，懂得顺其自然，知足常乐，从不奢求。养成这样的心境，跟我处世淡泊的个性有关，跟适可而止的生活规律有关，与愉悦的演戏道路有关，还跟我丰富的业余爱好有关。

我的兴趣爱好广泛，喜欢看传记，看看人家一生是如何过的。喜欢写作，在剧组里的空暇时间，我就经常动笔，把感受付诸文字，积累了厚厚一叠文稿。我还喜欢唱歌，居然唱得还小有点“名气”，被邀请去参加演出。

1952 年参加治淮工作三个月返沪，文化局在兰心剧场组织晚会。我这个民歌“新秀”也在邀请之列，演唱的正是我们收集整理出来的大别山民歌。我没有任何思想准备，只带个笛子伴奏就去了。到后台一见节目单，我可傻了眼啦！同台演唱的有周小燕和蔡绍序等名家，而我还被安排在后边。进剧场前，看到门口小汽车就排了二三十辆，重要人物一定很多，一下我就给彻底镇住了。如今回想，我一个小青年和名家去比什么呢？何况我又不是专业唱歌的，真是傻得可以了！

演出时，一段唱下来该是笛子演奏过门，剧场里很静，听见陈老总的大嗓门，“这个娃娃在发抖噢！”听见这句话我也就抖得更厉害了。可是，无论怎样出足洋相，在我一生的经历中，有这么一次给陈毅老总演唱的机遇，也就够我满足了。

1994 年前，上戏校友返校，安排我参加电视连续剧主题歌联唱，选的是《净魂》的片头曲《一生走过多少九龙口》，这段声情并茂蕴含铜锤花脸韵味的唱腔由我来唱，自知实在有些自不量力，但又一想，反正是联欢性质不便推辞，也就欣然答应了。不料，在剧场里试音响时，许多人都惊诧不已忙着问是谁唱的？如此松弛而又音色明亮，连我自己都不相信这就是我只花了一刻钟草草录就的唱段。听自己的演唱不同于看自己拍的电影和录像，有种奇特的感觉。

1995 年年底又一次机会来了，庆祝上海作协成立四十五周年的晚会上，策划人滕俊杰建议由我来演唱《上海的早晨》中的主题歌。对于歌，我当然来者不拒。于是，又一次堂而皇之地走进了对我极富神秘感的录音棚。当然，这次要正规得多了，制作人屠巴海事先送来了伴奏带，一再嘱咐我在家好好练习，虽说有过了一次经验，可是心里还是顾虑重重。

可喜的是试了一遍之后，竟得到了屠巴海的赞扬。他说，没估计到会有这么好的乐感，就按试唱时的感觉来，不必再去加重什么强调什么。我立刻领会到这不就是演戏时的随意性吗？结果一遍下来只要再补唱一两个地方就可以了。屠巴海告诉我可以随便唱，放开了去抒发，他会在键盘上把需要重录的地方切换调整进去。就这样，我有了第一首属于自己的伴奏带。

在唱的方面，京戏无疑是我的一大兴趣点。小时候，我就爱听戏。家中摆放着许多唱片，其中就有梅兰芳、马连良的唱片，我听过不知多少遍。当时并没有特意跟着学，但留声机中传来的一遍又一遍的唱段，如马连良的《春秋笔》等，却无形中烙刻在了幼年的我的脑海里，乃至五六十年后，在票房中，调门一起，我信口唱来居然只字不差，能与胡琴配合得合板合腔，严丝合缝。真是一件神奇的事情！

“文革”期间，我学演了京剧样板戏。起先拘谨，受招式的约束，可是当我掌握了这些程式、摆脱开约束去运用这一招一式时，却大大地活跃了我的表演。正式演出的那天，锣鼓一响，精气神不呼自到，驱而不散。《红灯记》中李玉和的那一声叫头：“谢、谢、妈。”鼓乐齐鸣把情绪推上了饱和的高度，立即觉得热血沸扬，待到唱完“浑身是胆雄赳赳。”那句，顿时感到激昂酣畅之极，这种精神上的感受是演话剧时无法得到的。——这大概是戏曲表演所讲究的手眼身法步，唱做念打综合运用、交叉感应起到的效果吧。这种亢奋激扬的感受是一种调动全身心参与、脑力与体力齐劳动的结果，好像是骑马奔驰之后的那种兴奋酣畅，是我从来未曾体验过的。

热爱京剧，爱看爱唱，时而票戏，这都是表演财富的一种积累。以至于

1953 年配演京剧《打渔杀家》中的丁郎儿，不用人教上台去就能说词。下戏后团长蒋超说我比演话剧放松，后来在《净魂》中扮演方荣翔，串演霸王，唱做念等我一学就会，拍出的剧照可以乱真，仿佛我真是梨园中一份子。

儿时，我做过各种各样的梦，跳舞、写作、唱歌、唱戏、演戏……想不到后来这些梦基本都圆了。至少在我内心，这一辈子过得是多姿多彩的，值得了！

家庭是我宁静的港湾

我的家庭正像那首从小就会唱的歌中所说："我的家庭真可爱，美丽清洁又安详……"

我的妻子徐帼莲是中国福利会儿童艺术剧院的主要演员，二十世纪五六十年代演过许多戏，扮演过《马兰花》中的小兰，《三打白骨精》中的白骨精、《雪女王》中的雪女王等许多角色，当年的小观众一定还记得她。排练时，她非常刻苦，认真地分析剧本，揣摩角色，观摩其他人的表演。剧目上演时，只要我有时间，哪怕再累，我也一定会赶去看戏，为她助威。后来在影视剧方面，她主演的《热血情深》深受好评，在电影《生命如歌》中，她演著名钢琴教授范大雷的母亲，虽然是初登银幕，但她在镜头前自然朴实的表演，给我们家人带来意外的惊喜。

人们说，女儿是掌上明珠。我家有两颗掌上明珠，频儿和慧轩。她们相差8岁，同样的天资聪慧、善解人意，在许多事情上没让我和夫人过多地操心。

每当夜幕降临，屋里轻轻地放着音乐，我们一家人围坐在饭桌旁，谈着一天来各自的见闻，一天之中这是最最温暖、幸福的时刻了。然后孩子们做功课，我和爱人又得赶去剧场演出。

工作很繁忙，家里的杂事也不见得轻松，我跟帼莲相互体谅，共同分担，日常生活的车轮虽转得辛苦，却也走得很顺畅。然而，自从我亮相银幕后，是一天比一天忙了，外地剧组的“橄榄枝”不间断地伸来，其中一些从天而降的好角色、好机遇让我心驰神往，巴不得立马启程，尽快投入角色的塑造中。但是心有牵绊，接下邀约，就意味着需要背起行李去外地，一走就要几个月，家里的重负怎么办？这时帼莲总是宽慰我道：“你安心去拍戏吧，我会照顾好家里的，女儿也都大了，很懂事，不用多操心。”于是，我心怀着愧疚与牵挂，走向更为广阔的演艺道路，她却默默地、心甘情愿地一人挑起了全家生活的重担，砥砺前行。每当我归来，她总是笑盈盈地，虽然好像又多了几根白发，添了条皱纹，但她从不抱怨。她更乐意分享我又成功塑造了一个新角色的愉悦。

我的两个女儿与我当年一样，数理化是弱门，这也算是遗传因子吧。其实“学好数理化走遍天下都不怕”这句俗语，并不适用于每一个人。我是过来人，清醒地知道有些功课学了并不一定就用得上，只要用心了，努力了，就可以了。她俩都在文科方面显示了才能，她们的思维能力、语言表现力、写作、英语的实用能力都学得较为扎实。对于两个女儿，我们平时在各方面都给予他们充分的自由，不强行规定她们这样那样，而是着重启发诱导。

我的大女儿严晓频后来追上了我俩的脚步，当起了演员，私底下也经常跟我讨论交流拍戏的问题。她还很喜欢唱歌。1982 年，谢飞影片《我们的田野》中的插曲，就是刚走进电影学院表演系的她演唱的。声乐在电影学院是一门副科，有的同学不重视它，但是她学得特别认真，声乐的成绩在班上是最好的。她嗓音清纯甜美，不追求演唱时的华丽外在和形式，着重于内在情感的抒发，因此在演唱风格上自成一体。她唱的一首《温柔的听众》，由上海东方电视台拍成了 MTV。这大概是她的处

女作了吧！当时，北京的一家公司与她签约，不料渐渐歌坛不景气了，虽然双方都做过一些努力，也由于其他多方面的原因只能作罢。我虽惋惜她失去歌唱继续发展的机会，可也无可奈何！

我的小女儿慧轩则声音宽厚，在音乐领域更是小有成就。高中毕业以后，慧轩向我们提出她的打算：不想考大学，想去学声乐，想去唱歌。那时她已经在外面开始业余唱歌了。虽然我有所顾虑、担忧，但还是决定由她自己发展。我们是过来人了，知道艺术道路只能靠她们自己去走，压制她们会适得其反。后来慧轩在歌坛小有名气，英语歌曲、粤语歌曲等都唱得很好。她一唱就唱了七年，随后感觉应该去读大学，也希望有新的突破，便去考上海戏剧学院导演系，她的文化课成绩是班里第一名，表演课成绩也很优异，很顺利地进入导演系。由于有生活的经历，善于发现好的题材，慧轩课堂上的小品作品常常是最好的。毕业后，慧轩进入了一家很大的会务公司。每年公司都会举办很多大型的活动，在工作中慧轩很好地发挥了导演等方面才能。

家庭无疑是我宁静的港湾，以前每当我因拍片提着行李走出家门时，心中总是充满依恋之情，在外景地即使是工作两三个月也毫无后顾之忧。回想起来，我能自由自在地投入工作，塑造了一百多个各具特色的人物形象，与家人的理解与支持是密不可分的。

几十年来，我们一家人同舟共济，经历过时代的动荡、生活的贫瘠，却从未曾改变过航向，一直平稳、坚定地划向了我们憧憬的彼岸。虽然未曾大富大贵，但很知足、安之若素，我们所坚持着的特有的生活方式，让我们永远欢乐、幸福而“富有”。

爱女晓频

没见过晓频母亲的人，都说她像我。见过她母亲的人，又一致认为她像她母亲。其实，她像我更多一些，连走路都像，喜欢跨大脚步跟上我的步伐，和我走得一样快。但是我们没想到，她也会选准影剧事业，和我们夫妇走到一条道路上来。

不可否认，因为我和她母亲的关系，她从小受到了艺术熏陶。我很早就发现，晓频身上具备有做演员的潜质。在她七八岁的时候，来我们剧院玩耍，与小伙伴在草坪上开心地奔跑，玩得满头大汗。祝希娟正巧看到了，就对我说："你女儿以后不得了！"我问："怎么了？"她答道："怎么啦？她你看她现在这样子，多有灵气！将来肯定是块演员的料。"

祝希娟无意中说起的这一点，其实我跟帼莲心知肚明，但从未流露过这个想法。我们夫妇当演员几十年，深知这行职业的辛酸和冷酷，能不涉足也许是上策。如果不是这块料，没有十足的热忱，就千万别沾这个边。

晓频的文笔非常好，在南洋模范中学就读时，他们的语文老师抓得很紧，每星期要他们写两篇文章，而晓频也很刻苦，当时就打下很好的写作根基。我们就想，她是否可以从事写作或者其他文职工作呢？

在家里，我跟帼莲不曾提过，晓频也没有说过想当演员的想法。

因此，她17岁那年，提出想报考北京电影学院表演系时，我们有些出乎意料，但一想又在情理之中。我俩一时也拿不定主意，没有做明确的回复，口头上更多的是泼些冷水。我想，如果她对演员的艺术有炽烈的追求，冷水也泼不灭她心头的火苗，也许她真的适合走这条道路，而且能激发她更执着的进取心。

抱着尝试一下的态度，晓频去参加了北京电影学院的招生考试，幸运地被录取了，成绩优异，主考老师一致打了高分。后来听说，主考老师首先就看中了她的素养和气质。不少朋友以为，晓频得到了我们夫妻俩的很多辅导，其实并没有。如过非要说我们父母做过些什么，那就是培养了她端正的人品，保护了她的清新明朗的气质。

1982年，她踏进北京电影学院，大学的生活是五光十色、绚丽斑斓的。但是她始终保持着清新、朴实、淡雅的本色。从不浓妆艳抹。家里每月寄40元生活费给她，她都说足够，从不多要钱。她生活上很简朴，学习上也很刻苦。有一次，李志舆去北京电影学院看望他的女儿李芸，在宿舍里看到了晓频的学习笔记本。回来对我说："你可以大大放心，看了你女儿的笔记本，我看得出她学习非常认真，非常用功！"那时我经常给她写信，送给她四个字"好自为之"和一本《傅雷家书》，她视它们为指导自己生命的珍宝。

电影学院毕业后，头几年，晓频接连接拍了很多影片和电视剧，还获了奖，成为观众所熟悉的演员。但之后，随着市场的冲击，文艺片很少有人拍了，有人登门邀她演武打片，她感到很失落渺茫。于是毅然决定去美国，去和一年前先去美国学激光物理的丈夫团聚。带走了无可奈何的

惆怅，也带走了我们无限的思念。她一走，家里顿时少了许多欢笑。

可是时隔三年，她又回来了，带着成熟和自信。一个具备良好的条件和潜力的演员，只要一旦遇上机遇，就会喷薄而出，事业就会欣欣向荣。晓频遇到了新的机遇，《北京人在纽约》《孽债》《上海沧桑》等剧使她获得了成功。

后来一次，在上海图书馆内举办的黄佐临珍贵文献捐赠仪式上，我见到了不断提携频儿的著名导演黄蜀芹女士，交谈的第一句话就是对晓频的褒奖。她认为在《上海沧桑》中，晓频的表演恐怕是她所扮演过的角色中最成功的了。在剧中，她的年龄跨度大，从三十岁演到七十岁不说，那些演她儿子的马晓伟、佟瑞欣和华明伟，本人年龄都比频儿大上几岁，可她却能从整体把握上应付自如。这是我始料未及的。我想，在表演艺术上，频儿已经趋于成熟了。

多年来，不断有人问我，对自己的女儿，你们是否经常给她开小灶啊？我截然地说："绝对没有！只是有时读过她即将拍摄的剧本，偶而给她作些提示。至于如何去体现，如何去完成，那就全靠她自己了。"我是过来人，深知艺术这一门类，只有自己去参悟，才能把东西学到手。即使让老师手把手地教，他也不能时时刻刻跟着你。拍摄现场变化多端，有时妆已化好，但本子还没交出来，只有随机应变靠临场发挥。幸好，在实践中锻炼了频儿的悟性，悟到了表演的真谛，这正是我所盼望的。频儿演戏，着重内心体验，加上自然的表演，看来清新明快有实感，必要时又有一定的爆发力。这就是她的优势。

频儿喜欢看书，颇有文学功底。她初去美国时，写回来的信极为生动，记者见了只字未改就拿去刊登了。女作家程乃珊也说晓频叙事说话的方

我和女儿晓频同为与演员，却很难有机会在一部戏里出现，这是我们在拍摄《如此多娇》时的合影。

式本身就具备写小说的感觉。有一年，《阿甘正传》在美国上映，她先睹为快，回国后在各种场合讲述她的深切感受。北京著名女记者李尔葳当即邀她写稿，她把自己关在那间属于她的只有八平米的闺房里（原本我们让她住另一较宽敞的房间，但是她却挑中了这间准备堆放杂物的小屋），埋头写了好几天，终于写成了。李尔葳看过稿子以后感动得流泪，连夜打来长途电话，祝贺写得好。这篇文章就登在当时国内最大的电影画报《中国银幕》上。

受我们的影响，频儿也非常重视家庭。她很爱丈夫，对他分外体贴。而丈夫对她也是关心疼爱，非常支持。早些年，为了平衡好工作与家庭，她就像燕子一样在中国和美国间来回奔波。有一年，想到有两年没能陪丈夫共度圣诞，她谢绝了演出邀请，牺牲了丰厚的收益，毅然赶回美国陪伴丈夫共度节日。后来，频儿生下了两个儿子，我们一家更加其乐融融。

回顾频儿走过的每一步路，我们都由衷地为她高兴。近些年，她也一直在接戏，饰演一些有年龄跨度的角色。在越来越喧闹、闪耀的演艺圈，频儿似乎不那么艳丽眩目、光彩照人，但是她的戏路清新纯正，如同她做人。频儿，希望命运之星一直照耀着你，继续努力奋进吧！

主要舞台剧作品年表

时间	舞台剧	角色
1945	《还我故乡》	弟弟
1948	《君子好逑》	青年演员
	《反间谍》	李组长
1949	《升官图》	真县长
	《从呻吟到欢笑》	农民、解放军
	《大江日夜流》	战士
	《一朵红花》	丈夫
	《扬子江风暴》	码头工人
	《钢铁是怎样炼成的》	陆文琪
1950	《战斗里成长》	赵石头
	《金鸡》	群舞者
	《天鹅湖》（芭蕾）	舞者
1951	《新沂河蓝图》	技术员
	《猎》	二牛
1952	《亲人》	阿明
	《猛回头》	进步职工
	《赵小兰》	韩大咧咧
1953	《尤里乌斯·伏契克》	雷桑涅克
1954	《技术员来了》	马玉宝
1955	《入社那一天》	积极分子
1956	《刘胡兰》	群众
	《保卫干事》	贾一峰
	《有这样一个人》	林平
	《黄花巅》	李洪奎
	《唐金花》	小丁
	《日出》	胡四张乔治
	《万水千山》	赵志方
	《美丽的姑娘们》	别佳
	《铁甲列车》	炮手
1958	《难忘的岁月》	康羽迟、李夫
	《黄浦江的黎明》	李阿祥
	《把一切献给党》	小赵
	《八面红旗迎风飘》	工人、干部等三人
	《高等垃圾》	赵玉山
	《相亲记》	食客
	《乘风破浪》	孙班长

续上表

时间	舞台剧	角色
1958	《难忘的 1958》	范博文
	《女店员》	魏默香
	《多疑的丈夫》	李立
	《共产主义凯歌》	周医生
	《雷雨》	周萍
	《悲壮的颂歌》	瓦列里克
	《北大荒人》	赵志红
	《春城无处不飞花》	徐阿毛
	《闵行春秋》	罗宗元
1961	《中锋在黎明前死去》	哈姆雷特
	《枪伞》	爷爷
1962	《海滨激战》	陆行美
	《粮食》	康辛有
	《茶花女》	瓦尔维乐
	《打豆腐》	报子甲
1962	《杜鹃山》	温七九
1963	《年轻的一代》	林育生
	《一家人》	技术员
1964	《电闪雷鸣》	孔华
	《首战平型关》	学生代表
1965	《焦裕禄》	牛正行
	《凌雪梅》	小刘
1970	《金训华》	洪大爷
1971	《边疆新苗》	积极分子
1973	《在小岛上》	技术员
1976	《万水千山》	吴队长
1977	《最后一幕》	苏力
1978	《第二次演出》	莫锦荣
1980	《清宫外史》	光绪皇帝
1981	《她为什么被杀》	赵伟
	《鉴湖女侠》	王廷钧
1982	《上海二十四小时》	许
1983	《中锋在黎明前死去》	哈姆雷特
1984	《女市长》	黄炎
1985	《三剑客》	白金汉公爵
1986	《儿女们》	大明
1988	《耶稣孔子披头士列侬》	耶稣
1991	《国门内外》	陈中
2001	《良辰美景》	吴一蕉
2005	《幸遇先生蔡》	汤尔和
	《张爱玲》	张志沂

主要电影作品年表

时 间	电 影	角 色
1949	《乌鸦与麻雀》	进步学生
1977	《平鹰坟》	张继祖
1979	《从奴隶到将军》	黄大阔
	《405 谋杀案》	方明山
1982	《城南旧事》	林全文
	《祸起萧墙》	梁友汉
1983	《港湾不平静》	容介城
1985	《日出》	李石清
1986	《非常大总统》	胡汉民
1987	《问天何时明》	郭沫若
1988	《愤怒的孤岛》	余庆林
1990	《佛光侠影》	韩锡元
1991	《舞厅皇后》	应裕隆
	《陷阱里的婚姻》	李国俊
1997	《太阳火》	父亲
2003	《傅抱石》	郭沫若

大 型 艺 术 活 动

时 间	大型艺术活动	角 色
1986	电影《日出》赴阿尔及利亚中国电影周	嘉宾
1991	上海纪念建党 70 周年	主持人
	纪念杨村彬演出《伪君子》	达尔杜弗
1995	上海电台文艺中心开播晚会	主持人
1996	上海戏剧学院 50 年校庆晚会	主持人
1997	上海电视台纪念周恩来晚会	主持人
2001	永远的阳光音乐朗诵会	朗诵

主要电视剧作品年表

时间	电视剧	角色
1982	《家事》	赵志高
1983	《王德理》	王德理
	《徐悲鸿》	郭沫若
	《蓝屋》	顾鸿飞
	《芳草天涯》	苏东坡
1984	《戚雅仙越剧艺术》	主持人
1985	《吴百亨》	总技师
	《第三者》	男主角
	《在水一方》	父亲
1986	《沧海一粟》	郭沫若
	《人与人》	林杰
1987	《明天的太阳更美好》	墨非
	《祝你成功》	男主角
	《她在人流中》	大学教师
1988	《龙床恨》	老员外
1989	《上海的早晨》	徐义德
	《毁灭》	男主角
	《贵妃之谜》	唐明皇
	《洒向人间都是爱》	潘汉年
1990	《血泉》	林上左
	《上海大世界》	黄楚久
1991	《朱自清》	朱自清
	《净魂》	方荣翔
	《香港银都风云录》	余华森
1992	《况钟传奇》	况钟
1993	《戈振公》	史量才
	《同心茧》	郑辟疆
1994	《十八岁的男子汉》	刘老师
	《黄齐生与王若飞》	黄齐生
	《大世界风云》	黄楚九
1995	《泣血流年》	项松茂
	《野姑娘茉莉花》	教授
	《蚕乡风云》	孙老板
1996	《大收藏家》	张伯驹
	《汉口往事》	翁少岩
1997	《韩愈》	韩愈
	《女子公寓》	音乐教师

续上表

时间	电视剧	角色
1997	《大命运》	章伯仲
1998	《肝胆照人间》	吴孟超
1999	《金融大风暴》	李善舫
2000	《当代风流》	焦仁义
	《江上青》	江石溪
2001	《两代人》	洛明
	《情长路更长》	方楚生
2002	《粉红女郎》	王浩父
	《炮兵旅长》	航科院长
	《江山》	史鸿儒
	《大染坊》	王会长
2003	《生命处方》	方院长
	《女子监狱》	聂正
2004	《如此多娇》	史鸿儒
2005	《审计特派员》	杜国正
	《美女也愁嫁》	宁嘉坤
	《赵树理》	老舍
	《此情可问天》	聂伟杰

跋 保持“演员”的神秘感

——胡凌虹

第一次去严翔老师家，是在 2017 年的 3 月，初春。严老师比实际年龄要年轻许多，文雅温厚、精神炯烁，一副宽边眼镜下透着一股学者般的严谨与认真。他拿出了几大本影集以及一本厚厚的文集，里面收录了几十年来他写过的文章。从话剧舞台到电视荧幕，他演了一百多个形形色

色的人物，这是怎样一份沉甸甸的丰厚履历啊!

那天，严翔老师的女儿严晓频也匆匆赶来。她说，出自传是件大事，这是第一次见面，一定要到场。说这话时，她的声音很细很轻，让人不由得靠近，更聚精会神地倾听。跟我聊天时，她的目光很温柔也很专注。这真是一双很特别的眼睛，眼白是蓝的，水汪汪的，很清澈。正是这没有尘埃的、少有俗世欲望的眼睛让很多导演印象深刻，没有经过试戏就决定让她做了女主角。

其实我很早就听闻他们的大名，只是无缘相识。有幸的是，我受到了中国广联演员委员会高鸿雁老师的邀约，参与严氏父女自传的撰写工作，借着这个机会，我走近了他们的生活。

几个月里，我拜访了他们十多次。最大的感触就是父女俩实在是太像了。一样的处世淡泊，简单地拍戏、简单地生活，却不简单地拥有着熠熠生辉的演艺生涯。但这份光彩大都是属于角色的。低调的他们都坚持一个观念：演员最好还是保持一种私人生活上的神秘感，让观众看到的更多的是“角色”，这样就更容易让观众接受一个演员所塑造的各种人物。这样的观念也延续到了这本自传中，在回顾人生的同时，他们更希望表述的是对于表演的理解与体悟。十几次的拜访，我犹如听了一堂又一堂深刻的“表演课”，也正是在这些感悟中，我更深切地了解到了他们的性格特质以及所信奉的“人生经”。

不在乎戏份多少，在乎的是挑战大小

“比银幕上还要漂亮。”第一次见到晓频老师时，我脱口而出道。略施粉黛，乌黑微卷的短发，素雅的衣服，纤细的身材，她身上有着一种优雅含蓄之美。

晓频老师的嘴角微微扬起：“我也跟袁姗姗说，我们俩都比较吃亏，不太上镜。”

之所以提起袁姗姗，是因为前一阵晓频老师在电视剧《国民大生活》中饰演了“上海囡囡”陆露（袁姗姗饰）的妈妈蒋妙音。剧中，她是一个有点“作”的丈母娘，对于女婿的选择很挑剔。不过，晓频老师很注意分寸地“收”，“作”得合情合理，该高雅的时候还是很高雅。其实十几年前，晓频老师还演过一个更“作”的人物，电视剧《婚前婚后》中的丁可萍，脾气乖戾、变幻无常，而且颇有心计。很多人不敢相信，严晓频居然会去演与自身性格如此迥异的角色，但晓频老师并不在意外在的形象，她想要的是寻求突破。让她欣喜的是，角色获得了认可，被认为演了一个“人物”出来。

最近，晓频老师又在忙着演话剧《戴茜今晚嫁给谁》，她饰演主角戴茜。虽然童年时就有不少时光是在父母所在剧院的舞台旁度过的，成名后也接到不少话剧的邀约，但她是非常谨慎的。直到这次有了充分的准备，才迎接这一个新领域的挑战。盘点晓频老师所有演过的影视剧，数量并不算多，但每个角色都有分量，都值得回味，这也是她省慎考虑的结果。

不断地自我挑战，也是严翔老师的人生特色。从青年时代起，就向往着能成为一个有角色塑造能力的演员。事实上，严翔老师也真的做到了。他既演过叛徒、骗子、特务等猥琐小人，也演过知识分子和文化精英，郭沫若、潘汉年、胡汉民、朱自清、张伯驹、吴孟超、老舍等等，还曾扮上古装，演过唐代大文学家韩愈、宋代大文学家苏东坡等。尤其让人惊叹的是，他能凭着同样的脸和体形演绎出不同知识分子的神韵、个性。他演的郭沫若甚至没有被一直关注他的黄佐临院长认出来，“骗”过了一双慧眼。

不过，太多的角色、太大的跨度也为这次的自传撰写工作带来了一大难题。严翔老师曾获得过金鹰奖、飞天奖等重要奖项，硕果累累；他的演艺经历非常丰富，光一个角色就可以讲上大半天。到底哪些可以入选篇幅有限的自传集呢？

严翔老师自有他的选择，并非是按成就来讲述，而是选择了那些对他的表演影响重大的角色。因此，让他丢了颜面、“摔了一大跤”的角色，和那些戏份很轻的配角，甚至是孙中山、潘汉年等有缘无分、失之交臂的角色，都成为了他回忆的重点，还有那些颠覆他一贯的文雅温和形象的角色。比如，独角戏《伪君子》中，他饰演变化多端、信口开河的达尔杜弗，虽然只是一台晚会中的一场八九分钟的戏，却因在随性自由地发挥中发现了自身的喜剧潜能，而让他一直念念不忘。又如，《上海早晨》中饰演徐义德，不仅拓宽了自己的戏路，还撕去了资本家就是财大气粗、趾高气扬的标签，突破了反派人物的外在模式，演出了人性的复杂。

影视剧不应该是“演”出来的

《城南旧事》中，严翔老师饰演的是英子的父亲林全文，只是一个配角。但这个角色，严老师讲述了很久，因为带给了他一种全新的体验。他回忆道：“导演吴贻弓说：在定演员之前，我要觉得这演员就是角色。而一旦定了之后就要使角色向演员靠，让角色来迁就演员。我想，他这主张是对的。这样，演员可以有一种自由的感觉，产生一种‘我就是他’的自信，不必为演出人物的个性而过多地雕琢。”

严翔老师把林全文这个人物作为了一条中线，在拍其他电视剧、电影时，以这个状态为中心，左右上下移一点去寻找不同人物的点，使得塑造的人物既有特色又不脱离本色。

“影视剧不应该是‘演’出来的，对爱‘演’戏和善于表演的人，更应该在意识中着意排除‘演’的弊病，用‘我就是’的心态站在镜头前。什么眼神、形态都可以不屑一顾，随心所欲地做事、思考、行走、奔忙……”严翔老师对我道出了他总结出来的表演规律。

作为外行的我，一直感觉表演是神秘玄乎的。严翔老师的一席话让我明白了“演戏”的奥妙。好想把这句话传播出去，送给那些演技一直被诟病的“流量明星”们。为何现在不少年轻演员，总是让人感觉表演浮夸，用力过猛，就是因为太想去演，结果只让人看到咬唇、嘟嘴与瞪眼。

当然，真正要掌握演戏的真谛，只能靠自身领悟。除了父亲，晓频老师的妈妈徐帼莲也是演员，曾是中国福利会儿童艺术剧院的台柱之一。很

多人认为，有当演员的父母，严晓频肯定是近水流台，优势明显。但事实上，在女儿表示想要报考北京电影学院的那天，他们就冷静地申明，这条路是要靠她自己去闯的。他们并没有给女儿多少指点，因为他们深知，表演是靠自身去摸索的。

严晓频显然是有天赋的，她自己悟出了这点。在演郭燕时，一开始她颇感压力，但很快就卸下了包袱。“我想，导演既然选了我，肯定是认为我和人物贴得挺近。我慢慢领悟到，拍电影就是这样，肯定会去选最合适的人，如果被选上，哪怕你可能什么都不演，你就已经是‘她’了，若拼命在那里演，反而过了。”

听到晓频老师的经验之谈时，我不禁莞尔。虽然在不同的场合，但是父女两人的话如出一辙。这也是为什么两人的表演都能那么自然，有一种与角色融为一体、浑然天成之感。

晓频老师还告诉我，她很讲究现场气氛。演出前她会做很多准备，到了拍摄时就忘掉了“自己”，把自己毫无保留地交给人物，丝毫不会去考虑镜头在哪、光线在哪，哪个角度的自己是最美的。“‘真’其实能弥补一切，可能拍出来的你容貌上没有那么美，但如果你特别真诚，观众就会特别相信你这个人。既纯真又朴实，无忧无虑、轻松自如，不‘做’戏，反倒产生难得的真实。”说此话时，她穿着朴素的居家服、完全素颜，很放松地盘腿、半靠在书房的沙发上，非常地坦诚，非常地美丽。

“神来之笔”源于对生活的好奇

“神来之笔”是父女俩都喜欢回忆的细节。在一种半恍惚、半清醒的疲劳状态下演《伪君子》，获得了某种歪打正着的成功；一次随性而至的拍照出乎意料地“定格”了“朱自清”的“神韵”；演“郭沫若深夜长跪街头”这一幕有争议的戏时，找到了在彼时跪得下去的内在理由……谈及这些细节，严翔老师总是喜形于色，滔滔不绝地分享自己的“至宝”。

晓频老师回忆拍摄《孽债》时，特意欣喜地讲了一处“神来之笔”。第一场戏沈若尘向梅云清坦白：下乡当知青时有过老婆，现在女儿又找过来了。两人用织毛衣时一个毛线球的掉落，表现出人物的心理节奏，遇到重大事件时夫妻两人间微妙的心理变化。

一些人以为“有戏”就是台词要说得精彩、动作要抓人。但父女俩认为，这些都是外在的，真正的“戏”往往滋生于一个不经意的、生活化的言行举止间。而这就需要演员善于观察生活、体验生活，熟悉生活中的细节、动作，并善于巧妙地“拿来”，自然地化于表演中，这便水到渠成地衍生出“戏”来了。可见，在演戏时光有“我就是人物”的自信是远远不够的，还需要在日常生活中不断修炼自我。

人随着年龄往上走，很多东西都在不经意间丢失了，但晓频老师欣慰的是，“好奇心”没有丢。遇到不熟悉的事，她会主动询问、了解，不断积累生活素材。近些年，除了拍戏外，她会参与一些朗诵活动，空闲时就看看书，看看电影。她喜欢在家里的跑步机上快步走，也会做一些瑜伽，

保持身体的灵活性、柔韧性。她非常好地呵护着自己的身体、心理状态，包括眼睛，不常看手机，很少发微信。她一脸认真地说：“作为演员，最重要的东西是什么？就是自己呀！你自身就是完成表演任务的工具。”而做“有心人”这方面，也是她从小耳濡目染中习得的。

严翔老师就是一个非常热爱生活、兴趣广泛的人。他学过芭蕾，还颇有天赋，潜移默化中帮他奠定了戏剧表演的形体根基。他爱好京剧，时而票戏，一开腔中气十足，这让他在《净魂》中扮演方荣翔时，有板有眼，尤其串演霸王时，唱做念等一学就会，仿佛真是梨园中的一份子。他还很喜欢看书，喜欢写作，喜欢唱歌。所有的爱好都让他的生活更加丰富，也积累了更多表演的财富。

跟随着严氏父女俩回忆的脚步，我仿佛进入了一个纯粹的艺术之境，生活与艺术已然融为了一体，充满着谦逊的姿态、感恩的心与真挚的情感。他们对于表演的领悟与坚持，如同一汪凝水涓涓细流般地流向艺术的海洋，清澈而澄亮，给人诸多触动，让人难以忘怀。